Bibliographische Information der Deutschen Nationalbibliothek:
Die Deutsche Nationalbibliothek verzeichnet diese Publikation in der deutschen Nationalbibliographie; detaillierte bibliographische Daten sind im Internet über http://dnb.dnb.de abrufbar.

Revision 2

© 2015-2016 Alexandria Werder
Herstellung und Verlag
BoD – Books on Demand, Norderstedt

ISBN: 9783738620788

Legenden aus Aldarath

Die Alte Welt

Schöpfung - 8

Von den Schwänen - 11

Der Wald der Silberpfade - 13

Lied der Ewigkeit - 17

Verrat der Ioth'Atár - 21

Ishaar der Richter - 25

Flucht nach Aldarath

Vom Fall des Silberreichs - 28

Gebraldins Reise - 33

Der Erste Krieg

Alysse, Hohe Wache der Ioth'Thalanaste - 36

Zwei Brüder – 47

Talár Feuerfeder - 51

Der Zweite Krieg

Tírdan und der Zweite Krieg - 56

Alarathàndre und Aleána - 63

Kirians Fall - 67

Die Alte Welt

Schöpfung

Am Anfang war das Dunkel, und es herrschte über die Welt. Bekannt waren nur Leid und Kummer, Hass und Schmerzen, Verzweiflung und Angst. Es gab kein Leben, nur den ewigen Tod. Dann kam das Licht in die Welt und brachte mit dem Leben auch die Freude, Liebe und Hoffnung, Zuversicht und Zärtlichkeit und Wohltun. Das Dunkel mochte das Neue nicht und stritt mit dem Lichte. So entstanden der Tag und die Nacht.
Dem Licht und dem Leben folgten vier Schöpfer die dem Leben Form geben wollten. Luft erfüllte die Welt und erstreckte sich in die Unendlichkeit. So ward der Himmel geboren. Unter dem Himmel legte sich das Wasser daher. So ward das Meer geboren. Auf das Meer legte sich die Erde. Und es ward das Land geboren. Der vierte Schöpfer blickte auf die Welt herab, und da, wo er blickte, war Feuer. So entstanden Hitze und Kälte.
Licht und Dunkel sahen, was die Schöpfer getan hatten. Beide berieten die Schöpfer und sagten ihnen was als nächstes getan werden sollte. Das Licht sprach: tut euch zusammen, erschafft die Einigkeit mit Atem, Fleisch, Blut und Wärme! und so geschah es, dass die Welt aufblühte. Doch das Dunkel sprach: teilt euch und streitet, seid zornig und ohne Gnade! und so starb was einst aufblühte, und so entstanden die Jahreszeiten.
Irgendwann, nach langer Zeit, waren die Schöpfer müde davon, ewig zu schaffen und zu zerstören. So nahmen sie das Leben, formten Fleisch und Blut und Atem und Feuer, und fügten es zusammen. Dazu legten sie noch Herz und Verstand und schufen eine Seele. So ward das erste Wesen geschaffen, und es gefiel den Schöpfern so sehr, dass sie mehr schaffen wollten, und das taten sie dann auch.
Das Dunkel wollte auch teilhaben an der Schöpfung. Dem Wesen wurde also gegeben die Empfindung von allem worüber das Dunkel herrschte, und das Wesen litt und jammerte, weinte und starb. Das Licht, aber, liebte die Schöpfung. Die Seele wurde eingetaucht in das ewige Licht, und so entstand das erste Heilige. Als das Licht die Seele in den nächsten Körper setzte, konnte das dunkel dem Wesen nicht

mehr so viel Leid antun. Das Wesen litt, doch es kannte auch Freude, es hasste, doch konnte es auch lieben, es jammerte, doch lachte es auch.

Schliesslich wurden die Schöpfer alt und müde und auch wenn sie erfreut über das geschaffene waren, so wussten sie, dass die Welt nicht mehr brauchte als schon da war. Wie ihnen einst geraten hielten sie zusammen bevor sie sich teilten und stritten und auch wenn am Ende die Welt kahl und kalt war, so lebten die Träger der geheiligten Seelen viele Jahre lang, bis ihre Knochen und Muskeln schwach wurden und der Tod sie ereilte.

Als die Schöpfung sich ausbreitete, da erlebten die Schöpfer noch einiges. Sie beobachteten die Welt und mischten sich unter die entstehenden Völker, und ihnen wurden geboren Sonne und Mond, Tau und Schnee, Waldwind und Fluss, und noch viele Kinder mehr. Und so wurden die Schöpfer dann geheiligt und Väter genannt.

Eines Tages, da lehrte das Dunkel einen der Träger der geheiligten Seelen den Verrat. Dieser lehrte dann auch andere, bis jeder den Verrat kannte. So konnte der eine dem anderen nicht mehr trauen, und jeder einzelne war einsam und unglücklich. Da kam das Licht und lehrte die Güte, und die Lehren verbreiteten sich bis alle Völker die Güte kannten. So stritten sie noch immer unter einander, doch versöhnten sie sich auch wieder.

Das Dunkel war voller Wut, und so nahm er sich einen Träger der geheiligten Seelen, und lehrte ihm den Mord. Da verzweifelte das Licht, denn das was es liebte vernichtete sich selbst. Nach langem denken lehrte dann das Licht den Völkern, und sie lernten von Treue, Ehre und Vergebung. Die Lehren wurden verbreitet, bis alle Völker davon wussten, und es wurde nur noch selten gemordet.

Das Dunkel war voller Hass und wollte die Schöpfung nicht mehr. So erwählte es ein Volk und lehrte es den Krieg. Das Licht weinte, denn alles was es liebte drohte zu enden. Nach langem Denken entschied das Licht die Völker zu lehren. Und so erfuhren sie von Reinheit und Gnade, von Tapferkeit, Mut und Freundschaft, als auch von Aufopferung und der höchsten Heiligkeit. Mit diesen Lehren entstanden die Kinder des Lichts, und sie reisten zu allen Völkern der Welt um sie zu Lehren.

Da verfluchte das Dunkel die Welt und die Völker und auch das Licht, und schwor immer wieder Unheil zu bringen, bis nichts mehr war ausser der Dunkelheit. Das Licht, aber, wollte das nicht, und so hielt es fest an den Seelen derer, die den Lehren des Lichts treu ergeben waren. Diesen Seelen, die die Heiligsten aller waren, denn sie waren wie das Licht selbst, wurde befohlen, auch dann noch über die Welt zu wachen, wenn auch sonst kein Licht mehr zu sehen war. Und so entstanden die Sterne, die selbst bei tiefster Dunkelheit ewiglich erstrahlen.

Von den Schwänen

Zu Beginn war die weisse Seerose, und ihre Geschichte begann bei Wasser und Erde. Doch sie endete beim Wasser, und so ist sie eine Tochter des Wassers. Zu Beginn war also die weisse Seerose, die Tochter des Wassers, und sie trieb ohne Sorgen auf dem Leib des Wassers und blickte zum Himmel. Still war sie, lauschte sie doch in Ehrfurcht ihrem Vater, all seiner Weisheit und all seinem Wissen. Still war sie, doch hörte sie manchmal des Tags eine merkwürdige Stimme. So blickte sie, wann immer sie die Stimme hörte, doch zum Himmel, und trieb über das Wasser, suchend was das wohl war. Sie suchte, doch verschwand die Stimme bevor sie sie finden konnte.
Eines Tages, da blickte die Seerose zum Himmel, und sie sah hoch in den Lüften einen weissen Schein. Sie fragte ihren Vater, und er sprach: Dies ist Wolke, so ist er geschaffen durch Wind. Und so lernte sie was Wolke war.
Eines Tages, da blickte die Seerose zum Himmel, und sie sah hoch in den Lüften etwas weisses und helles. Sie fragte ihren Vater, und er sprach: Dies ist Sonne, so ist sie geschaffen durch Feuer. Und so lernte sie was Sonne war.
Eines Tages, da sah die Seerose etwas hoch im Himmel, und es strahlte weiss und flog wie der Wind. Und sie fragte ihren Vater und er sprach: Dies ist Vogel, so ist er ein Sohn des Windes, doch schuf ihn einst Erde, bis Wind ihn nahm und in den Himmel trug.
So staunte die Seerose, war sie doch auch von Erde geschaffen, auch wenn sie sich ewig nach dem Wasser sehnte. Und so betrachtete sie den weissen Vogel, doch wagte sie nicht zu rufen. Die Tage vergingen, und schliesslich rief sie zum Himmel: Oh Vogel, oh Sohn des Windes! Trägst du mich in den Himmel?
Doch ihr Vater zürnte, sprach doch, wie er stritt damit sie zum Wasser käme, und so schwieg sie wieder. Der Vogel, jedoch, blickte herab, und er flog tief und war neugierig. So rief er, wollte wissen wer da sprach, doch keine Antwort kam, und er flog wieder davon.
Die Seerose erinnerte sich an die Stimme, und wusste nun was sie immer gesucht hatte. Und nun ersehnte sie wieder den weissen Vogel,

und blickte immer zum Himmel um nach ihm zu suchen. Auch Wolke bat sie zu suchen, und auch Sonne bat sie zu suchen, und so hörte der Sohn des Windes davon, denn Wolke und Sonne flüsterten ihm die Nachricht der Seerose zu.

Er flog also zum weissen See, und suchte dort auf dem Wasser die weisse Seerose, und er rief und rief, doch fand er keine Antwort. Schliesslich musste er ruhen, doch er flog weiter und weiter, und selbst als seine Flügel ihn nicht mehr zu tragen vermochten, da flog er weiter.

So stürzte der weisse Vogel ins Wasser, und sank kraftlos und tief. Die Seerose hatte dies gesehen, flüsterte doch immerzu und hoffte, dass er sie erblicke, doch sah er sie nicht und er hörte sie nicht, und nun sank er in den Leib des Wassers und ihm drohte der Tod. So weinte sie bitterlich und sie bat, dass ihr Vater ihn freigebe und ihn leben lasse, auch wenn er kein Sohn des Wassers sei, auch wenn er gestritten wurde. Und ihre Klage war so herzzerreissend, dass alle Winde dies hörten und zu ihrem Vater brachten.

Da kam also Vater Wind, und dieser sprach mit Vater Wasser, und Vater Wasser hob schliesslich den weissen Vogel von seinem Grund. Doch sprach er: Er kam zu mir aus freiem Willen, so ist er rechtens mein, selbst da das Leben in ihm erblasst.

Doch Vater Wind sprach: So kam er um deiner Tochter willen, und ihr Schweigen brachte ihm dies, dass er in deinem Grunde lag und nun das Leben in ihm erblasst. Sie ist nun mein, und er dein.

Doch dies war nicht im Sinne der Väter, und das Wasser war die Weisheit, und so sprach er, der Vater des Wassers: So gehören sie beide uns beiden, und so stritten wir lange um ihrer Willen. So sind sie unser gemeinsam Kinder, so lass uns sie Schaffen, dass sie Wasser sind und auch Wind.

Und der Wind stimmte diesem zu, und die Seerose wurde wie ein Vogel und der Vogel wurde wie eine Seerose, und so waren sie gebunden an Wasser und Wind. Doch wurde dem weissen Vogel seine schöne Stimme genommen, und der weissen Seerose auch ihre. Dies war die Strafe der beiden, die sie in Freude teilten, und so nannte man sie fortan Schwäne.

Der Wald der Silberpfade

Der Wind flüsterte durch den stillen Wald, der sich 'Wald der Silberpfade' nannte. Der Wind flog ungesehen zwischen die noch im Schatten hängenden Bäume, und brachte seine Kälte zu jedem noch so gut verstecktem Blatt, egal ob am feuchten Boden oder in den hohen Ästen. Es war Nacht, und es würde noch lange Nacht bleiben.
In diesem Wald, noch kalt und unfreundlich, traten federleichte, ungehörte Schritte, Schritte, die selten vorkamen. Es waren die Schritte eines geübten Mannes, der wusste, wie man durch den Wald trat, ohne ihn zu verletzen. Zwar war er selten in ‚diesem' Wald, doch die Natur, diese war immer sein zuhause.
Die Schritte waren so lautlos wie der Wind selbst, und auch der Mann konnte sein Selbst im Wind wieder erkennen. Frei, wild, still jetzt, doch wenn es darauf ankam, wie ein wilder Sturm. Doch all das war nicht wichtig, denn er folgte einem zweiten Paar Schritte, die vor Stunden, als die Sonne noch nicht verschwunden war, einen Pfad beschritt, den nicht einmal er zuvor kannte. Es verwunderte ihn, denn er war sicher, trotz der Dunkelheit der Nacht, die Spuren erkennen zu können.
So wie der Wind, der ihn begleitete, folgte er die beinah unsichtbaren Spuren. Es war dunkel, und viel zu oft musste er umkehren, und die Spuren wieder suchen, spüren, und dann weiter folgen, bis er sie wieder in der Finsternis verlor.
Zeit war ihm fremd, und so suchte er vielleicht Minuten, vielleicht Stunden.
Aber dann sah er in der Ferne ein sanftes Licht, ein sanftes, zartes Licht, welches niemals von einem einfachen Lagerfeuer hätte stammen können. Langsam bestätigte sich seine Vermutung, wem genau er folgte. Doch ganz sicher konnte er nicht sein. Es gab viele, die vielleicht in den Spuren ähnlich sein würden, und diese eine Person würde sicherlich niemals in diesen so entfernen Wald wandern. Er schlich näher heran, lautlos, sein Atem kaum da, sein Herz vollkommen ruhig.

Als er näher gekommen war, erkannte er das sanfte Licht, welches, wie vermutet, von einer magischen Flamme kam, die im sanft-blauen Licht ins rote überging. Neben dem, was ein hitzeloses Lagerfeuer war, lag eine Fír, eine des hohen und edlen Volkes, in schlichtem Reisegewand, und schlief tief und fest. Wahrlich, es war sie. Er hatte seit der Abenddämmerung die Spuren einer alten Freundin gefolgt, zuerst in Sorge um den Wald, dann um den Besitzer der Spuren. Der Wald, aber, würde ihr nichts anhaben. Und wenn, so war er nun da, und würde über sie wachen, bis sie Sonne sich erhob, und er selbst wieder verschwand.
Er setzte sich gegenüber der schlafenden Fír, auf die andere Seite des magischen Feuers, und wachte, lauschte. Es würde es tun, bis ins Morgengrauen.

Er erwachte, setze sich auf, und wurde mit einem Gefühl des Versagens überrascht. Doch was ihn noch mehr überraschte war das wunderschöne, lächelnde Gesicht, welches vor ihm war. Und das Gesicht gehörte der Fír, die vorhin noch schlief. Es war Tag.
Die Fír reichte ihm ihre zarte Hand, um ihm mit dem Aufstehen zu helfen. Wortlos, doch dankbar, nahm er die Hilfe an, und kam auf die Beine. Er wandte seinen Blick ab, von der Fír. Ihresgleichen war doch so rar in der Welt. Sein Starren, auch wenn er sie kannte, war mehr als unhöflich, auch wenn er wusste, dass sie ihm verzeihen würde. Sein Blick glitt in ein lichtdurchflutetes Meer aus Blättern, Ästen, Tropfen des Morgentaus, Waldblumen, singenden Vögeln. Und alles bemerkte er erst jetzt, als er vom Schlaf ins Wachen kam.
Erstaunt blickte er erneut zu seiner Bekannten, die nur lächelte, und seine Hand nahm. Er liess sich führen, und sie streiften durch den tiefen, hell erleuchteten Wald, bis zu einer Quelle. Dort liess sie sich nieder, und trank einen Schluck.
Auch er hatte Durst, und kniete sich nieder zum Quellwasser. Er beobachtete wie das Wasser das Sonnenlicht, überall präsent scheinend, sich brach und reflektierte, und ihn dennoch nicht blendete. Fasziniert beobachtete er das Spiel von Wasser und Licht. Bis er

erschrak. Seine bekannte hatte ihn sanft an der Schulter berührt. Er wusste, es war um ihn wieder in die Realität zurückzuholen. Ihr leichtes kichern liess ihn etwas erröten, und schnell trank er vom klaren Wasser, um wegzusehen, sich zu verstecken. Er wusste, es war ihr egal was er tat.
Mit seinem Durst gelöscht, stand er auf und wischte sich den Mund mit dem Ärmel ab. Er blickte wieder zur Fír, und lächelte etwas. Sie erwiderte mit einem eigenen Lächeln, nahm wieder seine Hand, und führte ihn weiter durch den Wald. Sie hielt an mehreren Beerensträuchern, pflückte gezielt bestimmte Beeren mit ihrer freien Hand, bevor sie, ihn führend, weiter durch den Wald der Silberpfade glitt. Sie wich jedem kleinsten Hindernis aus, auch wenn es manchmal unmöglich schien. Und das Licht im Wald war noch immer überall da, auch wenn er selbst die Sonne kaum ausmachen konnte, nicht wusste, wie spät es war, und selbst mit seiner Erfahrung die Orientierung verlor.
Irgendwann hielt sie inne, sah sich kurz um, führte ihn dann in eine wunderschöne Lichtung. Auch hier konnte er nicht herausfinden, wo die Sonne stand, noch wo er war. Die Fír setzte sich, und er zu ihr, und zusammen assen sie die Beeren, die sie auf dem Weg hierher gepflückt hatte.
Lange verbrachten sie in der Schönheit des Lichtes, in der sanften wärme der unsichtbaren Sonne, und redeten kaum. Sie brauchen es auch nicht. Er legte sich ins warme, weiche gras, und starrte auf den erhellten Himmel hinauf. Er schloss seine Augen, spürte einen sanften, warmen Kuss auf seiner Stirn, wie der liebevolle Hauch des Windes.
Er öffnete seine Augen, und blickte auf den klaren Himmel, welcher ihn blendete. Er sah wie eine kleine, flauschige, weisse Wolke den klaren Himmel nicht so leer erschienen liess. Dann sah er, wie ein loses Blatt über sein Sichtfeld flog. Er sass auf, und blickte auf die Lichtung, nur halb so schön wie vorher. Dann sah er hoch, und fand die Sonne, welche sich knapp über die Baumwipfel erhob. Es blendete und brannte, doch sah er noch eine Weile in das zerstörerische Licht, und lächelte. Dann schloss er seine Augen und legte sich wieder hin.

Hier war sie also versteckt, die Sonne. Hier, in diesem verwunschenen, verzauberten Wald, welches er so selten besuchte. Hier also würde sie ihn wachen lassen, obwohl es meist sie selbst war, welche ihn behütete. Er wartete, und genoss die Wärme, und hoffte seine bekannte, die Sonne, die manchmal andere Gestalt trug, in der kommenden Nacht wieder aufspüren zu können. Selten besuchte sie ihn, doch nun wusste er wie, und wann, er sie besuchen könne. Er, der Wind des Waldes. Frei. Sanft. Lautlos. Und nun, wenn nicht für die Ewigkeit, glücklich.

Lied der Ewigkeit

Einst erklang ein sanftes Lied in der Welt. Dieses Lied war wunderschön, gespielt von einem, dessen eigene Schönheit gleich der des Liedes war. Er verliess nie den Ort, an dem er spielte, denn dort war er ungestört. Es gab einen Wasserfall, und dessen Wasser fiel in den breiten Fluss, und der breite Fluss floss weiter durch das Tal. Beide, Fluss und Wasserfall, sangen mit dem Lied in Harmonie. Und weiter gab es einen grossen Wind, und der Wind flog an den hohen Klippen hinunter, berührte die Bäume, und die Blätter der Bäume rauschten sanft mit dem vorbeiziehenden Wind. Der Spieler des Liedes war ein Teil dieses Ortes geworden, und hatte alles vergessen bis auf das Lied welches er ewiglich spielte. Es gab hier nichts ausser diesem Lied.

Eines Tage, da kam eine Maid daher und hörte dieses Lied. Sie dachte es wunderschön und lauschte lange Zeit. Sie wunderte sich, nach all dieser Zeit, wie jemand ein so wunderschönes Lied spielen konnte, bis sie an einen Wasserfall kam. Dort lauschte sie, und sie wusste, der Wasserfall war ein Instrument, doch nicht das Lied in seiner Ganzheit. Sie blickte die hohen Klippen hinab, und sah dort einen grossen Wald getrennt von einem breiten Fluss. Dort unten, so wusste sie, waren mehr Teile des Liedes. So suchte sie nach einem Weg hinunter, und sie fand einen steilen Pfad der in den Wald führte.

An der Klippenwand, da hörte sie den Wind und wie er sang, und sie wusste, auch dies war ein Teil des grossen Liedes welches sie hörte. Doch der Wind und der Wasserfall waren nicht das gesamte Lied. Sie waren Instrumente, und machten das Lied selbst noch prächtiger und schöner. Sie folgte also den steilen Pfad, erreichte den Waldboden, und sah wie es bedeckt war mit Blättern und Blumen in allen Farben. Sie wunderte sich ob dies alles auch Teil des Liedes war, oder bloss die Schönheit, die dem Lied folgte. Doch dachte sie nicht länger darüber nach, und sie Schritt weiter, hörte Wasserfall und Wind gleichermassen. Schliesslich erreichte sie den Fluss.

Der Fluss floss unentwegt, plätscherte in Rhythmus während die Blätter mitrauschten. Beides harmonierte, und beides sang mit dem

Lied. Sie wusste, auch diese hier waren Instrumente. Sie kniete zum Fluss hin, nahm einen Schluck des Wassers welches so klar war wie das reinste Glas, und betrachtete die farbenfrohen Fische welche sich versammelte hatten. Sie lächelte, denn einigen von ihnen schienen ebenso neugierig wie sie selbst es war. Doch sie verweilte nicht lange und bald schon verliess sie den Rand des Flusses. Noch immer suchte sie die restlichen Teile des Liedes. So trat sie zurück in den Wald. Alles was sie hatte war ein Gefühl, welches sie kaum greifen konnte, das Lied noch immer überall erklingend und ewiglich.
Ihre Schritte führten sie durch den Wald. Nicht lange musste sie gehen, und sie befand sich an einer Lichtung, das Licht hinabstrahlend als ob dies der heiligste aller Orte sei. Inmitten der Lichtung war ein junger Mann der an einer Harfe spielte. Aus seinen Lippen entkamen Worte der reinsten Schönheit, und so wusste sie, sie hatte gefunden was sie suchte. Sie betrat die Lichtung, still und sanften Schrittes, und setzte sich unterhalb des jungen Mannes, betrachtete ihn wie er war, gehalten von Wurzeln und Reben die ihn als Teil des Waldes anerkannten, so wie er den Wald zu einem Teil des Liedes machte.
Sie wusste nicht wie lange sie lauschte. Es war aber ebenso unwichtig. Sie wusste nur dass sie das Lied gleichermassen liebte wie diesen Mann. So stand sie wieder, trat um ihn herum, und zum ersten Male seit sie das Lied hörte, so sprach sie, ihre Stimme so zart dass es das allumfassende Lied kaum berühren konnte. "Liebster" sprach sie. "Warum ist dein Lied so fern von jenen Orten, wo es erhört werden kann?" Und zum ersten Male seit er sein Lied begann, da öffnete er seine Augen. Und zum ersten Male seit er hier herkam, da unterbrach er seinen Gesang um zu sprechen. "Warum ist es, dass du so nahe kommst wenn du doch aus der Ferne lauschen kannst?"
Sie dachte über seine Worte nach, doch konnte sie mit nichts antworten ausser einem Wort und einem Lächeln. "Neugierde." sprach sie, und sie setzte sich wieder zu seinen Füssen hin und sah hoch zu ihm. "Sing', so bitte ich dich, oh Liebster. Ich liebe dich und ich liebe dein Lied, und ich werde den Wald beneiden dafür, dass er dich ewig hält." Er schloss seine Augen und er sang. Der Wald sang mit ihm, und sie schloss ihre Augen, und in Gedanken, da sang auch sie.

Lange Zeit verging, doch sie entschied sich schliesslich was sie mehr liebte. Sie stand, legte eine weiche Hand auf die Schulter des jungen Mannes. "Ich werde den Wald herausfordern." sprach sie zu ihm. Und dann ging sie, und ihre Schritte führten sie zum Fluss. Sie sang mit dem Fluss, und als sie sang, da versuchte sie reiner zu singen als das reine Wasser. Und sie sang so lange mit dem Fluss bis es verstummte. Sie lächelte, und wandte sich zu den Bäumen, und sang mit den Bäumen und versuchte zarter zu singen als die zarten Blätter, und sie sang so lange bis die Bäume verstummten. Sie lächelte, und sah hoch zu den Klippen.

Sie kletterte die Klippen hoch, doch die Winde waren keine einfache Herausforderung. Auf dem Pfad zum Walde hin, da wehten die Winde laut und klar, und sie musste lauter und klarer singen als der Wind selbst. Und sie tat es so, bis schliesslich die Winde aufhörten zu wehen. Sie lächelte, obschon sie müde war, und ging weiter bis sie an der Spitze des Wasserfalls angekommen war. Da stand sie und blickte hinab, hörte das hallende Donnern des Liedes des Wasserfalls, und sie wusste, sie musste lauter und klarer sein als das hallen und donnern des Wasserfalls. So sang sie mit voller Inbrunst, und ihre Stimme hallte über den gesamten Wald unter ihr, gleichsam wie das Lied welches alles einvernahm und allem Leben schenkte. Und sie sang so lange bis der Wasserfall versiegte und verstummte und still blieb, und sie alleine war zu singen mit dem prächtigen und wunderschönen einen Lied.

Die Maid, sie wünschte nur noch en Schlaf, doch gleichermassen, sie wünschte sich nur noch in die Nähe desjenigen zu sein, den sie liebte. Sie kletterte hinab in den Wald, trat erneut auf die Lichtung des jungen Mannes. Noch immer hielt der Wald ihn fest. Sie trat zu ihm, berührte sanft seine spielenden Hände. Vorsichtig und langsam zog sie seine Hände von den silbernen Saiten weg. Dann sang sie, gleich dem Wasserfall und Fluss, gleich dem Wind und den Bäumen, und wieder öffnete der junge Mann seine Augen.

Sie sah ihn an. Sie lächelte, wusste, dass selbst wenn sie jetzt dem Schlaf erlag, der Wald ihn doch den Rest der Ewigkeit halten würde. Sie lächelte, sang einen Teil des Liedes welches sie hörte und liebte und ewig lieben würde. Sie lächelte, betrachtete den Mann den sie sah und liebte als ihre Augen ihn erblickten. Langsam, als er ihrem Lied lauschte, da begann auch er zu lächeln. Und langsam, als er ihrem Lied lauschte, da begann auch er zu singen. Ihre beiden Lieder machten ein ganzes, und es war weit prächtiger in Schönheit als das erste Lied. Der Wald fiel in goldenem und silbernem Licht. Die Ranken und Wurzeln welche ihn hielten lockerten sich und liessen ihn. Zum ersten Mal, als er hierher kam, wurde er gestört, doch er begann auch wieder zu lieben.

Und schliesslich, da konnte die Maid an der Seite ihres Liebsten schlafen, und er sang für sie bis sie wieder erwachte. Zusammen, dann, sangen sie weiter ihr Lied der Schönheit. Das Lied hallte durch die Welt als sie den Frieden und die Zuflucht des Waldes im Tal verliessen. Sie kümmerten sich nicht um Störung, denn es gab nichts, welches das Lied zu berühren vermochte. Zusammen machten sie ein ewiges Lied, unübertroffen von der schönen Sonne, unübertroffen vom hellen Mond, unübertroffen von allen Sternen und allen Liedern zuvor.

In Liebe, da waren sie vereint. Und in Liebe, die beiden würden sein bis zum allerletzten Tage der Schönheit dieser Welt.

Verrat der loth'Atár

Erzählung des Thalandín loth'Telhínon

Einst, da war ein Reich der hohen Fír, prächtig wie es auch das Silberreich einst war. Jene des Reiches dienten den Vätern und dem Licht, wie es alle Reiche taten, und die Pracht und der Glanz dessen, was daraus entstand, war sagenumwoben. Fruchtbar das Land, reich die Erde in Schönheit und Schätzen, und niemals schien zu drohen eine Gefahr unter dem Schutz der Mächte.

Keiner weiss, was genau geschehen, keiner weiss, was sich veränderte und was die Kriege hervorbrachte, doch stand das Reich eines Tages im Streit mit den umliegenden Ländereien. Ewig schienen die Kämpfe zu dauern, und das Reich verlor an Pracht und Schönheit und das Volk erfüllt mit Verzweiflung und Verbitterung. Der König, der prächtige Eliôn der damals herrschte, er versprach beistand und sandte seine Krieger um dem Fürsten und dem Volk beizustehen. So schien wieder langsam Friede einzukehren, bis zu jenem Tag und jener Nacht, die der Dunkelheit gewidmet war.

Einer, ein Nachfahre des Eliôn Atár, lehnte sich auf gegen seinen Fürsten, und ihm standen viele Treue bei, sein Haus und seine Wache und nicht wenige aus dem Volk. Seine Worte sind verloren, doch seine Tat wird in jedem Reich weitererzählt: So wurde das Reich befleckt mit dem Blut all jener, die dem König treu ergeben. Der loth'Atár rief die Schatten an, rief die Kinder der Dunkelheit an, und sie kamen und sahen das Land das des Lichts zerstört, und die Treuen ihres Feindes im gleichem Masse vernichtet. Mehr noch, so war es das Haus der loth'Atár welches sich den Schatten ergab, ihnen die Treue schwor und von da an das Land als ihres nahmen.

Golden war das Reich, dessen Namen keiner mehr kennt, golden die Pracht der Orte, die keiner mehr betritt. Golden die Gewänder jener, die einst dem Lichte treu, doch war es nicht ewig, und verdunkelt wurde der Glanz. Das neue Reich der loth'Atár, jener, die dem Hause des Ahnen nur noch Schande bereiteten, es war Prachtvoll und doch verdunkelt, und lange überdauerte schliesslich ihr Krieg gegen das Rubinreich.

Erzählung des Kaldím, Chronist des Hauses der loth'Aldain

Zu dunklen Zeiten lag ein Fürstentum südlich des Rubinreiches in tiefster Not. Heftig waren die Kämpfe mit den umliegenden Reichen, die den Untergang des Reiches zwischen Berg und Meer verlangten. Ewiger Tumult war in den Landen, bedrängt von der Finsternis des Krieges und der Gewalt.
Das Fürstenrecht hatte schliesslich ein junger Fír inne aus der Line des Atár. Er war geboren in der Zeit des Leids und herrschte in eben jener Zeit, und keine Hilfe konnte er erwarten vom Rubinreich, noch von jemand anderem. Schwer waren seine Entscheidungen zu treffen, seine Berater wie auch er selbst im Ausmass ihrer Weisheit nicht genug, um der Gefahr Herr zu werden.
Schliesslich hallte ein Ruf durch das Land: Ein neuer Eliôn wurde gewählt. Und bald schon reiste ein Gesandter jenes Eliôn und er erreichte das Reich zum Fest der Dunkelheit, und er sprach den Namen des neuen Eliôn und verlangte die Treue des jungen Fürsten, denn der König hatte sich dem Lichte bewiesen und er herrschte als Lichtes Macht.
Der Junge Fürst sah alle, die versammelt waren. Kinder und Weise, Diener und Adlige. Er sah in den Augen der Geweihten die Gefahr der Dunkelheit, die bald kommen würden, und sah in den Augen des Boten und seiner Garde die Pracht, die ungleich allem war was er zuvor gesehen, als auch deren Ignoranz. Und er trat zum Boten hin, der Stolz seines Eliôn Banner trug, und er flüsterte: So zeige ich meine Treue den Mächten die beobachten; so gebe ich das Blut, welches nötig ist um mein Reich vor dem Untergang zu bewahren.
Blut floss, denn der junge Fürst der Linie des Atár hatte entschieden. Zum Fest der Dunkelheit gab er der Dunkelheit eine Opfergabe. Der

Bote des neuen Hochkönigs, des Erwählten des Lichts, wurde gemordet, ebenso seine Garde, denn die Adelswache der Atár war nur ihrem Hause treu ergeben. Das Blut der Geheiligten und Geläuterten floss, der Boden des bedrängten Fürstentums getränkt im Rot. Alle Banner des Königs wurden zerrissen. Alle, die den Truppen des Eliôn zu Hilfe kamen, sie wurden gleichermassen geopfert.

Zum Ende des Festes hin kamen die Kinder der Schatten. Sie nahmen ihren Zoll in allen vergangenen Festen, doch dieses Mal, da wurde ihnen ein Opfer gemacht. Sie standen vor dem Meer aus Blut, überrascht und ungläubig, denn andere Völker machten ihnen Opfer, andere Reiche und andere Glauben, aber niemals, nie ein Reich unter der Herrschaft der Fír. Und vor ihnen trat der junge Fürst der Atár, und dieser kniete sich vor ihnen und er rief: Dies mein Opfer an euch, ihr Fürsten der Dunkelheit! Ich gebe euch das Blut des Hofes des Eliôn der Fír, und mit dem Blut auch das Blut des Landes, welches er nicht zu beschützen vermochte. Nehmt mein Land, ihr Fürsten der Dunkelheit! Nehmt unser aller Leben, denn von diesem Tage an gehören wir euch. Licht bewahrte uns nicht vor dem Untergang, Verbündete kamen nie zur Hilfe. Die einzige Macht die verbleibt ist das Dunkel, allumfassend wie das Licht. Wir geben uns euch hin! Auf dass wir überleben, und aus dem Untergang der alten Zeit sollen wir mit neuer Stärke hervorgehen.

So unterwarf sich das Haus der loth'Atár der Dunkelheit. Und die Lande und das Volk kamen zur neuen Stärke, erfüllt von der Macht, die die Kinder der Schatten ihnen für ihre Opfergabe schenkten.

Ishaar der Richter

Einst, in den fernen Landen der ewigen Steppen und der Meere aus Sand, nicht allzu fern des Sonnenreiches der Fír, da war ein Reich der kurzlebigen Yál, doch war dieses Reich beherrscht von Dunkelheit.
Das einfache Volk war unterdrückt, die ärmsten blieben arm und die reichsten waren blosse Werkzeuge der Kinder der Schatten. In jenem Reich sprach man von einer Legende, von einer Kraft, einer Gestalt die den Kindern der Väter gleich in Macht stand. Jenen nannten sie Ishaar, und jener war Herr über die Gerechtigkeit der Welt. Wenn Unrecht war, so riefen sie Ishaar, auf dass er leite und richte; und auch wenn stattdessen das Dunkel ihnen antwortete, so nahmen sie es hin.
In jenen Landen gab es einst ein Kind des Lichts, der es sich zur Aufgabe machte den Schatten zu jagen und zu vertreiben soweit es seine Eide zuliessen. Mehr noch, jedoch, versuchte er den Ärmsten beizustehen, ihnen zu lehren und zu helfen. Stille war sein Mantel, Geschick seine Waffe, und so blieb er unerkannt als hellstrahlendes Licht inmitten der Feindeslande.
Im Krieg nahm er viele Kinder auf, erzog sie, half ihnen, die doch keine Eltern mehr hatten. Er wurde älter, und weiser und mächtiger, bis die Schatten ihn schliesslich fanden und ihn zu Tode brachten. Eines jener Kinder denen er beistand war ein Mädchen. Sie sah den Tod ihres Meisters und Mentors und Ziehvaters als sie noch viel zu jung war, und doch hatte ihr Meister ihr schon jenes in die Hände gelegt, was sie brauchte: Sie war Schwester im Lichte zu ihm, eine Tochter des Lichts gleichermassen, und was ihr blieb waren die Waffen des Todes und die Instrumente des Klangs. Sie wusste dass sie fliehen musste, zog in die Ferne, weitab der Steppe und des Sandes, und in der Ferne lernte sie: von den Fír und dem Licht, von den Schatten, von Gnade und Gerechtigkeit, von Dunkelheit und Recht, von Tod und Leben. Ihre Jahre waren lange und beschwerlich, doch sie kehrte schliesslich zurück als starke Frau, als mächtiges Kind des Lichts, und führte das fort, welches ihr Meister begonnen hatte.
Bald schon sprach das Reich von Ishaar dem Richter, dem Herr der Gerechtigkeit und der Nacht. Jene, die zu Dunkel waren, jene, die

nichts mehr waren als Werkzeuge des Leidens und der Macht, sie fielen dem todbringenden Ishaar in die Hände. Und nach und nach flohen die Kinder der Schatten, denn sie wussten, es war eines ihrer Feinde und sie konnten ihn nicht finden.

So war es, dass Isara Frohelied, Tochter des Lichts, wieder Friede brachte, Friede im Gesang und in der Lehre, und Friede jenen Kindern die sie aufzog, und keiner, ausser ihren Geschwistern im Lichte, erfuhren zu ihren Lebzeiten jemals, dass sie es war den das Volk Ishaar nannte, und sie es war die Gerechtigkeit brachte, bis ihre Aufgabe vollendet und ihr Lied frei erklingen konnte.

Flucht nach Aldarath

Vom Fall des Silberreichs

Alte Erzählung des Nordens

Vom Eliôn der verloren ging im Silberreich ist es, von dem ich spreche, wie er war und was er tat und er unterging. Arrathim sein Name, aus dem Blut des Eliôn Ariem aus Lohyr, und jenes Blut machte ihn zum Herren über den Silberwald und dem Silberreich und zum Helden unerreichbar. Der Fürst des Silberreiches, Kind des Silberwaldes, wuchs wie jeder seiner Linie bewahrt in den Silbernen Hallen, doch als er erwachsen war und Diener seines Vaters und Fürsten, da wurde er ein Diener der Väter, denn er wollte mehr als nur seinen Fürsten und dem Licht dienen, und er zog aus, und er wurde stark, und kehrte stärker Heim als er ging. Arrathim wurde prächtig, und wurde zu Lichtes Sohn, aber zugleich diente er den Vätern bis er der Väter Herr war, und wurde schliesslich selbst zum Fürsten ernannt.

Er hielt mit Väter und Licht gleichermassen die Feinde der Dunkelheit geboren fern, und mehr durch Väter als durch Lichtes Macht hielt er Wohlstand im Reich, nicht nur in seinen Hallen aus Silbernen Dächern und silbernen Säulen, nicht nur in seinem Wald aus silbernen Blättern und silbernen Bäumen, sondern auch im restlichen Reich, wo auch die dienten und im Schutz standen, die die Väter nicht hörten. Keiner hungerte je, keiner musste Dürre oder Flut fürchten, keiner erlag Sturm oder Erdens Beben. Das war die Macht jenes Fürsten der Eliôn werden sollte, und die Väter ehrten seinen Wunsch, auch wenn er Herr war und einst Diener.

Aller Wohlstand brachte Neid und Zorn. Fremde Reiche wollten nehmen was reich war, doch war das Land gut geschützt. Schliesslich war es Dunkels tiefster Hass welcher kam und zum Dunkelfest rief, und welches alle Kinder sammelte die finster und verdorben waren. Und diese alle, zu Dunkels Fest, brachten Feuer und Tod, brachten Blut und Leid über das gesamte Reich, zerstörten Heim und Hoffnung in gleichem Streben, und sie zerstörten alles was ihnen im Weg war, durch das aussenliegende Reich zum silberschimmernden Wald, hin zum erhobenen Palast in lichterfüllten Hallen. Und sie zerstören alle die ihnen im Weg standen, ob Kind oder Krieger, ob Jäger oder Wache, ob alt oder tapfer, es war nicht wichtig.

Der Fürst hatte sich dem Licht bewiesen, hatte bewiesen dass er den Goldenen Thron annehmen würde. Er war Licht in jeder Hinsicht, bis auf jenes, dass er die Goldenen Hallen noch nie betreten hatte. Doch er war auch Väter Herr, und er wusste, er war auch Väter Diener, und als er sah, dass sein Land, sein Reich, sein Heim dem Feuer übergeben, da rief er, und sang seine Lieder voller Macht und versuchte zu bewahren. Er sang in Bitte, dass die Väter das Volk bewahren möge, er sang in Bitte, dass der Väter Kinder, die Seelenträger, bewahrt blieben vor dem Feind der alles vernichtete. Und Väter halfen als der Eliôn in allem ausser Vollendung des Ritus seine weiteren Lieder sang um das Dunkel soweit fern zu halten wie er es vermochte. Väter Kraft, aber, wurde zerschmettert zwischen den Mächten. Lichtes Bannlieder reichten nicht um den gewaltigen Hass des Dunkels zurückzuwerfen.

Es reichte nicht aus, und das Reich war Asche, und Lichtes höchster Diener, Lichtes Wille selbst, war vergangen in der Nacht des Blutes so grausam dass es alles zerriss. Und doch, in aller Kraft, in aller Stärke, in allem Willen, viele lebten noch, ohne Hoffnung, aber noch am Leben, ohne Eliôn, aber noch am Leben. Die Väter hatten ihren Dienst getan und bewahrt, auch wenn sie selbst trauerten um des prächtigen Dieners und prächtigen Kindes vergehen. So wurde das Silberreich zerstört, so wurde jenen die gingen Grund gegeben zu fliehen von der Welt, bei dem selbst einer, der so prächtig war wie der Eliôn Arrathim nicht ausreichte um gegen das Dunkel zu bestehen.

Erzählung der Lorandra, Kind aus Dalhán, Diener der loth'Yalathé

Das Silberreich war einst prächtig und gross. Es umfasste das den Silberwald, wo die Fír ihre Heimat hatten, und das Umland, welches vor allem von den Yál bewohnt wurde. Das Silberreich war schon immer alt, vielleicht so alt wie die Welt selbst, wie die anderen grossen Reiche der Fír: dem Rubinreich weit und fern im Norden und dem Sonnenreich auf den Steppen im fernen Westen. Doch keines war so prächtig wie das Silberreich, und keines so sehr im Einklang mit den Vätern und dem Licht. Und keines der Reiche sah Yál und Fír so eng verbunden wie es im Silberreich geschah. Uralt und prächtig war also dieses Reich, und viele ihrer Fürsten waren mit den Vätern verbunden, oder waren gar Kinder des Lichts. So waren die Feste der Dunkelheit die schrecklichsten in allen Landen, denn dieses war das Fest der Feinde, ihre Zeit der Macht und ihre Zeit der Herrschaft, und ewig sehnten sie sich nach der Vernichtung des Lichts. Und wie das Silberreich wuchs und erstrahlte, so zog es mehr Dunkelheit an sich. Doch das Reich hielt stand, die Feinde niemals eins.

Unser letzter Fürst des Silberreiches, gepriesen sei er, war Arrathim Lohenon loth'Ariem, dritter seines Namens, Herr der Elemente und Sohn des Lichts. Er zog als junger Mann fort und kehrte als Fürst zurück in sein Reich, voller Glanz und Weisheit und Edelmut. Als sein Vater seine Herrschaft abtrat, so kam er an die Macht, und er regierte so weise und so gutherzig, dass das Licht ihn als König erwählte, der erste Eliôn in tausenden Jahren, und der Rat aller Fürsten aller Reiche der Fír beugten sich dieser Entscheidung. So wurde Arrathim zum Anwärter auf den Goldenen Thron, zum erwählten Herrscher durch Lichtes Gnade über alle Reiche der Fír.

So hell waren er und das Reich, ein Leuchtfeuer der Hoffnung, die Kunde verbreitet durch alle Lande. Und so hörten es alle Kinder der Schatten, und in der dunkelsten und längsten aller Nächte, ohne Mond oder Sterne, während ihres eigenen Festes, da stürmten sie das Silberreich trotz aller Bannlieder, trotz all jener Geweihter und Kinder des Lichts, trotz der Macht und der Pracht unseres geliebten Eliôn Arrathim. Die meisten von denen, die flohen statt zu kämpfen, sie würden unsere Ahnen werden, doch das Reich wurde verwüstet, geplündert, der Silberwald niedergebrannt. Weniges war noch zu retten als der Tag endlich anbrach, alle Banner zerrissen, besudelt oder zerstört, aller Heim dem Erdboden gleichgemacht. Einzig der Palast im Herzen des Silberwaldes stand noch, trotzend dem schwarzen

Rauch und den lodernden Flammen. Der Weg zum Thron war entweiht durch das Opfer der Adelswache der loth'Ariem, jeder einzelne im Kampf gegen den ungleichen Feind gestorben, und auch unser Eliôn hatte seinen letzten Atemzug ausgehaucht. Doch war er da, zerbrochene Waffen der dunklen Feinde um ihn herum, er auf seinem Thron, wie der König den er hätte sein sollen, prächtig wie er herrschte und lebte. Er starb im Kampf gegen den grössten Schrecken, und die Dunkelheit, so schien es, hatte gesiegt. Ewig würde unser Eliôn nun als Stern wachen, doch waren wir ohne König und ohne Fürst und ohne Licht. Gebraldin aus dem Volk der Yál versammelte jene, die überlebten, und er war es, der uns zur See führte, auf der Suche nach dem Goldenen Thron. So gelangten wir nach Aldarath, fernab der Dunkelheit die selbst das grösste und prächtigste aller Lichter auszumerzen vermag.

Erzählung aus Tornessa

Die letzten Stunden des Silberreichs wurden geschrieben in Blut. Zum Fest der Dunkelheit erstürmte die Kinder der schatten das Land und den silbernen Thron. Unser Fürst, unser König, sang die Bannlieder gegen die Nacht, und mit ihm alle jene die er einst zu Kindern des Lichts weihte. Zu zahlreich war jedoch der Feind, zu mächtig während ihres eigenen Festes. So befahl unser Fürst die Flucht während er stritt mit Licht, 'Sang und Schwert. Einzig seine Adelswache verblieb mit ihm, ihr Dasein an sein Leben gebunden.
Am Silbernen Thron stritten Fürst und Wache gegen die vereinte Macht der Schattenkinder. Oft wurde das Reich belagert, doch nie in solchem Masse. In Ehre gegen einen übermächtigen Feind erlag die gesamte Wache dem Tod, ihre Pflicht getan ihren Fürsten zu bewahren. Alleine Stritt er gegen jene, die nichts sehnten bis auf seinen Tod. Bis zum Morgengrauen hallten seine Lieder über den Wald, bis des Festes ende.

Jene, die später zurückkehrten, fanden den Fürsten auf seinem Thron. Um ihn lagen die Waffen jener Feinde die bezwungen und jene seiner Wache die die tapfersten waren. Blutgetränkt war nun der heiligste Ort, entweiht durch Tod und Zerstörung. Mit dem vergangenen Leben unseres Fürsten verging auch das Reich. Das Mächtigste Kind des Lichtes jener Zeit starb, und somit der Glanz des Lichtes. Herr der Elemente war er, doch auch geliebt von den Vätern über die er herrschte. So verging in deren Trauer und Zorn das Land. Und mit dem Tod unseres Fürsten starb auch der Anwärter auf den Goldenen Thron, der die Prüfungen bestand und Lichtes Segen trug, der zum Fest des Lichtes die goldenen Hallen sein eigen nennen sollte und fortan König aller Reiche, als erster seit tausenden Jahren.
So starb unser Fürst, unser Eliôn, und mit ihm sein Reich und aller Reiche Hoffnung.

Unsterblich jedoch dein Name, oh Arrathim Lohenon loth'Ariem, dritter deines Namens, Fürst des Silberreiches, Anwärter auf den Goldenen Thron, Sohn des Lichts, Herr der Elemente, Märtyrer des Silberreichs und ewiglich umtrauerter Held des Lichts.

Gebraldins Reise

Gebraldin war es, der unsere Ahnen versammelte, Yál und Fír gleichermassen, der unser Volk auf vielen Schiffen nach Aldarath führte. Er war es, der uns, nach dem Untergang des Silberreichs, ein neues Heim brachte. Doch sagt man, dass er einst nach etwas anderem suchte: nach dem Goldenen Thron, dem Ort, an dem unser Eliôn hätte gekrönt werden sollen. Dieser Ort ist heilig, das heiligste aller Länder, und nur jene würden sie finden, die vom Licht hingeführt wurden. Kein Ort ist sicherer vor der Dunkelheit, und alle Könige der Fír regierten von dort aus über alle Reiche. Das Licht selbst, sagt man, sei an diesem Ort, wahrhaftig und lebendig, und wenige ausser den Fürsten und den Königen sahen je diesen heiligen Palast, das Land durchflutet von Licht. Dorthin wollte Gebraldin als er in See stach, und führen das Volk des verlorenen Eliôn.
Doch zuerst musste er die verstreuten Völker finden, die Adligen die noch waren überzeugen. Zu Beginn lauschten ihm nur jene in seiner Nähe, die kurzlebigen, einfachen Yál die ihn kannten und ihm vertrauten. Die hohen und edlen Fír, ohne Herrscher und König, ohne Land und Heim, stritten lieber untereinander, wer jetzt herrsche und ob das Reich noch wäre, ob dies ein Zeichen war oder eine endgültige Niederlage im Ewigen Streit zwischen Licht und Dunkel. Keiner von ihnen Hohen wollte dem Seemann lauschen, vor allem nicht die Adligen, ausser der Yalathé. Gemeinsam zogen sie durch die zersplitterten Länder, schickten nach und nach alle die sie fanden zur Küste. Das Silberreich, so sagte es Gebraldin, war verloren. Der Eliôn war gefallen und liess sein Leben für sein Volk, doch gab es hier nichts mehr was Heimat war. Sie wollten zur See, und einen Ort finden, der sicher war, fernab aller Kriege, aller Gewalt, fernab aller Dunkelheit und Vernichtung. Und durch seine Überzeugung und die Hilfe der edlen Yalathé, da gelang es ihm einen Grossteil des Volkes des Silberreichs zu sammeln, und sie luden ein an Vorräten alles, was sie finden konnten, und übergaben sich Wind und Wasser. Gebraldin hoffte die Goldenen Hallen zu erreichen, irgendwo im Osten, nahe dem Rande der Welt. Väter und Licht, jedoch, stellten ihre Prüfungen.

Hunger plagten die Reisenden, Sturm und Hitze brachten sie an den Rand ihrer Kraft, und das Meer bot kaum etwas ausser endloser Weite. Am Rande der Verzweiflung, schliesslich, legte sich stille über das Meer. Keiner wusste wie weit sie gereist waren, und die Sterne waren neu und unbekannt. Yalathé und ihre Weisen sprachen davon, wie sie über den Rand der Welt hinausgesegelt waren, die Kundigen der See sprachen von neuen Gewässern fernab ihres Heimes. Und bald darauf sangen die Vögel, die Kinder von Wasser und Wind, und neues Land wurde gefunden und betreten und gepriesen. Gebraldin fand nicht die goldenen Hallen, doch bekam er dennoch was er für sein Volk ersehnte: eine neue Heimat, fernab der Dunkelheit die ihr Heim und ihren König vernichteten.

Vom Ersten Krieg

Alysse, Hohe Wache der loth'Thalanaste

Erzählung des Landrin aus Kalenain, Diener zur Linie der loth'Tíran

Schrecklich waren die ersten Tage des Krieges, auch wenn ich diese niemals miterlebte. Doch ich wusste es, als mein Herr uns rief, als wir als Tross in den Norden zogen, unbeirrt und ohne Zweifel, dass die Gerüchte wahr gewesen waren. Ich hatte gehört, dass einer sich aufrief zum Fürsten aller Fürsten, zum Herren über alle Herren, und Diener Anerkennung verlangte, und mit jenem der sich über die Fürsten stellte waren viele andere die ihn anerkannten, auch gegen des Rates willen. Kaum einer glaubte den Gerüchten, doch mein Herr wusste mehr, und er war ernst als er uns rief, und ernst musste entsprechend die Lage sein, dort, wo das Prachtvolle Ahn stand, nur noch in Pracht überragt von Shá der Goldenen.

Unser Marsch war schnell, mein Herr in tiefster Eile. Weitere Truppen anderer Fürsten schlossen sich uns an, und dann, weit hinter der Grenze des Fürsten Lande, an der Hynendan vorbei die vom Nordosten her floss und im Westen vom Lebensfluss der Selená verschlungen wurde, da befahl der kleine Rat der Fürsten eine Feste zu bauen. Einige Tage waren wir dort, und viele Boten kamen und gingen, und immer mehr Gerüchte über blutigen Krieg kamen auf. Wir beteten alle, dass es nur ein Streit war, schnell beendet mit wenig Blutvergiessen, doch die Gerüchte ebbten nicht ab, und die Wachen und Jäger die mehr von Kampf und Streit verstanden als ich, diese begannen uns zu zeigen wie wir uns wehren.

Schliesslich waren wir etwa einen Mond da, an unserem Stützpunkt, und wir, die vorbereitet wurden, wir konnten und glücklich schätzen im sicheren Lager des kleinen Rates zu sein. Denn so waren wir geschützt, und diejenigen die zu uns flohen um Schutz zu suchen hatten nur schreckliches zu berichten. Keiner konnte sagen wer oder wie der Streit begann aber sicher war jenes: dass die östlichen Karantúr brannten mit Feuer und Blut, und es weitaus mehr war als nur ein kleiner Streit zwischen den Hohen, mehr als nur das Pochen auf Recht und Wort. Ich hatte gehört, wie mein Herr verzweifelt versuchte Boten nach Ahn zu schicken, und ich wusste, keiner der Boten kehrte je zurück. Die Linie der loth'Thalanaste war nicht zu erreichen, und somit auch nicht der wichtigste und prachtvollste aller Fürsten den Aldarath je kannte.

Eineinhalb Monde waren wir da, bis ein Bote kam, ein Bote den ich nicht kannte, kaum Einlass gewährte bis mir das Siegel der loth'Thalanaste und der Stadt von Ahn der Silbernen Pracht gezeigt wurde. Erschrocken war ich, und liess den Boten ein. Kurz darauf wurden wir gerufen uns zu sammeln. Es wurde verkündet wer kam und aus welchem Grund, denn Ahn war gefallen, doch dessen Fürst und Herr kam zu uns und würde unsere Truppen verstärken. Gerüchte kamen, von Bestien aus Schatten und Tod. Und keiner konnte diese Gerüchte verneinen.

Schliesslich, nach zwei Tagen, kam der Fürst zu uns, und mit ihm kamen seine Treuen. Er war an der Spitze, und es war nicht zu übersehen wer oder was er war. Jeder erkannte es, denn der Fürst ritt auf einem silbernen Hirschen, und somit bestätigte er alle Erzählungen um seine Linie und bestätigte auch sein Wappen welches ihm gegeben wurde. Treue hatte er bei sich, zu Fuss und zu Pferd, zwei seiner Adelswache, seine Hohe Wache wie ich später erfuhr, auf schlanken, schnellen Tieren, der Rest hinter ihm seine restlichen Soldaten und Heiler und Späher und was sonst noch mit ihm reiste schützend.

Stolz war er auf dem silbernen Tier, prachtvoll wie auch er und in eben gleicher erhabener Weisheit, klug wie ein jeder von uns, doch mit unantastbarem Wissen, dass wir unter ihm standen. Geboren zum Fest von Licht oder Erde, ich weiss es nicht, doch stolz ohne mass. Selbst ich fühlte mich unterlegen und erschlagen in Ehrfurcht, und ich denke ich war dabei nicht alleine. Nie wieder traf ich eine Kreatur die in mir den Drang weckte mich zu beugen und den befehlenden Blicken zu folgen, und vielleicht sollte es auch nie wieder sein dass ein solches Wesen ohne Geheiligte Seelen geboren werde. Doch ich kann mich gesegnet nennen, es überhaupt je erblickt zu haben.

Silbern und strahlend war also jener Fürst, reitend auf einem stolzen Fürsten der Tiere und Wälder, und beweisend wofür das Wappen seines Hauses stand. Keiner zweifelte, aber viele Geschichten erzählte man sich, mehr noch als zuvor als dieses prächtige Heer nun das Lager mit unserem teilte, und ein so prächtiger Herr unsere Gegenwart beehrte.

Nahe waren sie, die Linie der loth'Thalanaste, einst dem Haus unseres verlorenen Eliôn gestanden. Viele von ihnen, so sagt man, gaben sich willentlich auf um das einzige Silberreich zu bewahren, jeglicher Pflicht ihres Blutes absprechend um der Pflicht ihres Hauses nachzugehen. Und viele, so sagte man, starben auch in jener langen Nacht zum Fest der Dunkelheit an der Seite ihres Fürsten, vergebens doch ihn absoluter Treue wie es ihre Pflicht war.

Kein Name, also, war uns bekannt, welches dem Lichte so nahe stand wie diese Linie. Kein Name, so wussten wir nun, war treuer und reiner als diese. Und kein Name, so denke ich, wird je uns so nahe an die Heimat unserer Ahnen bringen wie es dieser einst tat. Kein Name, so weiss ich, wird von den Fürsten und Helden je so vermisst werden wie dieser. Ewig waren sie im Dienst, und so war seine Linie rein geblieben, und seine Familie folgte Gebraldin in Hoffnung dem Volk ihres Eliôn eine letzte Ehre erweisen zu können.

Das Wort dieser Linie war mit Stolz erfüllt und schwer gewichtet in jedem Rat, und ein jeder wusste, unter jenen Fürsten würde man in Wohlstand und Frieden leben, egal wer man war, ob Yál oder Fír, ob geheiligte Seele oder eine einfache Seele, und Licht war hoch erhoben in jenen Städten und Feldern, und man munkelte, dass selbst die Väter ihnen Respekt zollten.

Ja, manch einer, der an den vergangenen Eliôn dachte, derjenige würde an jemanden dieser Linie denken, und doch waren sie selbst in dessen Anschein nichts als ein kleiner Funke – und so gering waren wir alle anderen, dass wir uns glücklich schätzen konnten solche Seelen an unserer Seite zu wissen.

Doch war es so, dass selbst dieser Fürst den Krieg erfahren musste. Sein Blick war streng und sein treues Tier schien es ihm gleich zu tun. Er hatte gerade seinen Hauptsitz aufgegeben, und somit die, für die meisten, prächtigste Stadt in ganz Aldarath. Keine Trauer war in ihm, aber auch keine Hoffnungslosigkeit oder Verzweiflung. Bloss resolute strenge, in merkwürdiger Disziplin die beinahe wie Eiseskälte zu

greifen schien, und doch prachtvoll und richtig und keinesfalls fehl am Platze.
Er sprach, und verlangte nach meinem Fürsten. Und diesen holte ich mit Eile, und war erschrocken als ich mich in Gedanken fand, die meinen Neid kundtaten, und wie blass mir mein eigener Fürst schien neben dieser silbernen Gestalt. Und so schnell mein Neid verging, so schnell wurde es ersetzt mit der Erkenntnis, dass nichts und niemand dem Fürsten aus der Silbernen Pracht gleich kam. Es war erschreckend und belehrend zugleich.
Einige Stunden vergingen, da kam ein Bote mit einem Brief. Atemlos verlangte jener Bote den silbernen Fürsten zu sehen, und nur widerwillig wurde er vorgelassen. Kurze keuchende Worte baten um Vergebung für die Störung, ehe er auf die Knie ging und dem neu angekommenen Fürsten das Schriftstück anbot. Erst später erfuhr ich, dass jener Bote nur hervorgelassen wurde weil er den Namen des Halbbruders des Fürsten kannte, und diesen Namen vor der Hohen Wache Alysse sprach, die das Leben ihres Herren kannte wie kein anderer.
Arathín, so hiess jener Bruder der doch nicht das Blut der Helden teilte, berichtete aus der Ferne den Ansturm der bald kommen sollte.
Er war positioniert zwischen Viranthost und der Selenthaire, war entsandt um wenn möglich den Feind aufzuhalten mit seinen kleinen Truppen, doch war er alles andere als sicher. Keiner kannte den Wald wie er es tat als Wildhüter des Fürsten, keiner wusste besser wie man sich schnell bewegte und fallen stellte, und doch sorgte sich jeder. Der Feind nahte. Der Verräter nahte. Und wenn dieser uns erreichte, so würde es grausam werden.
Ich sah wie der Fürst kurze Worte mit seiner Hohen Wache wechselte, wie sie, die den Namen erkannte und den Boten vorliess, dann schliesslich Truppen sammelte. Ich weiss, der Erste Wächter des Fürsten war ein anderer, doch sie war die Stimme ihres Fürsten. Ihr Befehl war kurz und knapp. Sie hatte keine Zeit zu verschwenden und wir sollten auch nicht ihres verschwenden. Die Truppen des Fürsten waren Müde vom langen Marsch, doch auch diese bekamen den gleichen Befehl: Bereithalten.

Stunden vergingen, die Späher entsandt. Ich hatte das Glück am Tor der Palisade zu stehen und den Blick auf den Fürsten und seine Treuen zu haben. Er selbst, wie jene silberne Pracht die er regierte, war lichterfüllt. Und als seine Hohe Wache, seine Stimme, zu ihm kam, da wurden sie beide weich, wie liebende unter dem reinsten Licht. Es überraschte mich, und ich wusste nicht ob weinen oder lachen, und ich verblieb mit stumpfen Starren als mein Geist versuchte zu verstehen.
Alysse, sie war wie jede andere Adelswache jedes anderen Fürsten die ich bisher traf, in vollkommener Disziplin ihrer Pflicht ausübend, ohne einen Funken an Zögern, Zaudern oder Hadern. Ihre Waffen waren Prächtig, ihre Rüstung glänzend, ihre Schritte wie die des wandelnden Todes der sie war. Nichts an ihr war verschwendet, ihre Haare durchgeflochten wie es viele ihrer Pflicht auch taten. Sie war gänzlich eine Waffe, wie es sein sollte. Und doch sah ich dort wie jener kalte Stahl weich wurde und sanft. Und für den Moment den ich beobachtete war sie keine Waffe, sondern eine reine Liebende, und er, in aller Pracht, noch Prachtvoller in trauernder Liebe.
Vielleicht hätte ich weinen sollen in jenem Moment, vielleicht hätte ich es auch gekonnt wenn ich die Zeit gehabt hätte. Ein Späher kam, ein Freund von mir, und mit einem Pfeil in seiner Schulter rief er die Ankunft des Feindes. Arathín hatte versagt oder war geflohen, und bis zum Ende des Krieges wussten wir nicht was mit ihm geschehen war. Doch der Feind nahte, und wir, ohne Wahl, mussten nun Kämpfen.
Wir hatten nur knapp Zeit. Wir rüsteten uns gänzlich, und innert kurzer Zeit, unter dem Befehl der Stimme des Fürsten, unter dem Befehl der Alysse, waren wir bereit. Wir rückten aus, ein jeder unter dem Banner seines Fürsten, und wir suchten uns den besten Ort um den Feind zu treffen. Ein kleiner Tross blieb zurück, die Palisade kaum ein Schutz gegen unsere Feinde und doch das einzige welches wir hatten, sollten wir fliehen.
Drei Fürsten standen bereit, unter ihnen ihre weiteren Befehlshaber, ihre Hohen Wachen und Hauptleute, und unter eben jenen wir einfachen Soldaten, Brüder und Schwestern die sich in der Not vereinigten zum Wohle unserer Fürsten und Herren. Der Feind kam dann, und eine Handvoll kannte ich beim Namen, aber keiner wollte

hören, dass dies nicht des Lichtes Weg war. Der Kampf war, wie es jede einzelne Schlacht ist, grausam. Unsere Formationen brachen als Bestien über uns herfielen, Kreaturen wie aus Schatten und Pein geboren mit Klauen und Fängen wie kein anderes Tier welches ich kenne. Irgendwann stand jeder für sich alleine, so wie ich es war, und meine Schwertbrüder und Schwestern verlor.

Voller Pracht war der Fürst der silbernen Pracht, selbst als er noch zerschunden da stand. Ich hatte es gesehen, als er sich seinem Bruder gegenüberstellte, alleine und mutig als seine Wache sterbend und verletzt um ihn war, und er jenem, der sich gegen ihn wandte, befahl zu hören und zu gehorchen. Und ich hatte es gesehen, als dieser ihn verriet, und mit dunklem Wort und mit dunkler Macht den Fürsten beinahe zerriss.

Das Lachen des Dunklen höre ich noch klar wie zuvor, und ebenso die spottenden Worte die der Verräter seinem zerbrochenen Bruder entgegen warf. Zufrieden ging dieser, beinahe unberührt von der Schlacht, und nahm mit sich jene die ihm Treu waren wider allem Recht. Bald darauf endete die Schlacht, und verzweifelt erkannte ich, dass die Bestien beinahe jeden der Wache des Silbernen Fürsten zerrissen. Doch nicht alle, und trotz meiner Wunden und trotz dessen dass dies nicht mein Fürst war, so half ich wo ich konnte.

Der Fürst lebte, wenn auch kaum noch, zerschunden von Zaubern die, so wie es die Heiler sprachen, ihn von innen zerrissen. Auch seine Stimme lebte, seine Hohe Wache die ich bei ihm so zart vor der Schlacht sah, doch eine der Bestien war über sie hergefallen. Ich weiss, ich hätte nicht überlebt so wie sie es tat, und die Heiler sprachen nur dass ihr Wille und ihre Pflicht vermutlich das einzige waren welches sie am Leben hielt. Sie verlor ihren Schwertarm, so weit zerschunden, dass selbst die Heiler nichts mehr retten konnten, und sie verlor ein Auge, und nur durch ihr reines Glück und dem grossen Geschick der Heiler selbst verlor sie nicht mehr.

Als sie genug bei Sinnen war um zu toben und nach ihrem Fürsten zu verlangen war sie in vielen Lagen an Verbänden gehüllt, konnte kaum laufen oder stehen, und ich zweifle dass sie wirklich sehen konnte oder hören. Aber sie wurde zu ihrem Fürsten gebracht, so wie es ihr Wunsch war.

Nun war er hier, im Lager der Verwundeten und sterbenden, und in Pracht schwand sein Leben langsam dahin. Alysse, seine Liebste, sie weinte bittere Tränen, schien trotz allem wie sie war selbst prachtvoll in ihrer ehrlichen Sorge und Trauer um ihres Fürsten und Liebsten zustand. Doch auch sie hatte die Schlacht kaum überstanden, und sie würde nie wieder in ein sorgloses Leben zurückkehren können, selbst dann nicht wenn ihr Fürst nicht dem Tode nahe gewesen wäre.

In bitterem Weinen, in reinster Trauer, klagte sie, bat sie, bettelte sie. Sie hatte ihr Leben schon für ihn gegeben, sie war sein, und alle anderen seiner Linie waren verloren bis auf seinen verräterischen Bruder der seinen Leib zerbrach. Doch das Leben des Fürsten schwand weiter, bis schliesslich alle Heilung und alle Zauber aufgegeben wurden, und nur noch für seine reine Seele gebetet werden konnte. Er starb, bei seiner Liebsten, die keinen Moment von ihm wich.

Prächtig war er auch im blassen Tode, prächtig selbst neben dem Kind des Lichtes, Tarín, welches ihn nicht mehr zu retten vermochte. Prächtig wurde er geehrt durch des Lichtes Segen, gesprochen durch jenes Kind kaum näher dem Licht als es der Fürst schien. Und seine Wache, so gebrochen sie war und zerschunden sie war, ehrte ihn und bahrte ihn auf. Jeder welcher unter ihm diente war in Trauer. Und seine Linie endete mit ihm.

Ein Tag verging, ein Tag der schweigsam war, ehe ein Bote kam. Die restlichen beiden Fürsten, die nicht mehr schienen als edle Herren dem Lichte so fern wie auch wir, sie befahlen uns bereitzumachen, und wer es konnte, der tat dies, griff zu Rüstung und Waffen und zog mit dem kleineren Heer aus, ein Heer in dessen Mitte ein Licht fehlte, und dessen Stolz und Glanz gebrochen war ohne den Fürsten der Silbernen Pracht.

Auf dem Feld trafen wir den Verräter, jener, der Licht und Fürst verriet und uns einen Schlag versetzte von dem wir uns kaum noch zu erholen mochten. Er war umgeben von seinen Treuen, doch er alleine

trat vor und er machte sich gross und stark und prächtig – und doch war es nichts, kalter, bitterer Hohn im Angesicht dessen was er zerstörte und verriet. Ich dachte nicht alleine, und bitter waren unsere Herzen und Gesichter, und keiner wollte mit ihm sprechen, auch nicht die Fürsten selbst die erfüllt waren mit einer Art von Zorn die ich bisher nie in einem geheiligten Herren sah.
Schliesslich veränderte sich die Haltung unseres Feindes. Caldaran der Verräter spuckte auf den Leib der Erde in Verachtung. In seinen Augen war nur noch brennender Hass. Er sprach, er wäre nun der Fürst und sein Recht wäre es nun zu herrschen. Doch war er ein Verräter und ein Mörder, und er entehrte sein Blut und seine Familie und seine gesamte Linie. Er hatte in jenem Moment sein Recht verloren als seine verdorbene Macht seinen Bruder und Fürsten zerriss.
Das war das Urteil zweier der Fürsten, und die herrenlosen Getreuen waren eben gleicher Meinung, und auch ich dachte das Urteil richtig. Ein Verräter war kein Fürst, denn er war dem Lichte so fern wie es kein anderer zu wagen vermochte. Und die Fürsten verlangten er ergebe sich oder gehe, und der Verräter ging und schwor noch auf sein Blut und seinen Namen welche er entehrte und die Fürsten im aberkannten.

Tage und Wochen vergingen danach. Alysse, ohne ihren Herren, stritt dennoch weiter, und keiner konnte sagen wie oder womit. Ihr Herz war taub geworden und leer, und man fürchtete sie strebte nur noch nach dem Ende. Ihr Eid war es gewesen den Fürsten zu bewahren, und sie versagte als Macht und Bestien über sie herfielen. Ihr Eid war es die Linie zu wahren, doch trug sie kein Kind ihres Liebsten, und der einzige der noch lebte war der Verräter. Und diesen würde sie nicht bewahren.
Ihre Eide hätten sie töten sollen, so sagte man, gleich wie es viele der anderen der Wache getötet hätte. Doch sie lebte. Man munkelte ob es Strafe war für ihr Versagen, Strafe dafür zu lieben oder Strafe dafür als Werkzeug geliebt zu werden. Doch keiner konnte es sagen. Sie stritt, schon tot, ihr Schwertarm und Auge genommen, und auch die

Hälfte ihrer Stimme und die ganze Essenz ihres Daseins. Sie stritt, unnachgiebig, und folgte als gebrochener Soldat ihren neuen Befehlen und neuen Herren des Fürstenrates als Ganzes oder den Kindern des Lichts.

Gebrochenes Schwert, zersplitterte Lanze. Das war sie. Und doch musste sie weiter ihrer Pflicht nachgehen.

Ich kann nur in Ehrfurcht davon sprechen. Kein Fürst war grösser als jener den sie verlor, und sie, als ich erkannte was sie war, schien mir dann grösser als ich es je sein könnte. Sie lebte und strebte in ihrem ganzen Sein nach dem Dienst, selbst als alles wofür sie geschaffen wurde und lebte verloren ging. Der Rat wusste sie schliesslich einzusetzen, auch als gebrochenes Werkzeug blieb sie einer der grössten Streiter die ich je sah, und sie verblieb unnachgiebig, egal welche Wunden sie trug und welchem Feind sie gegenüberstand.

Schliesslich fanden wir Caldaran den Verräter, geboren in der Linie der loth'Thalanaste nur um seine eigene Linie und somit seinen Ahnen zu verraten, eine Linie so alt dass sie noch auf einen Eliôn zurückzuführen war. Es machte ihn zu einem Verräter an das Licht selbst.

Wir zogen im wieder grösseren Heer, vier Fürsten an der Spitze und zwei davon in nur mit Mühe zurückgehaltenem Hass gegenüber dem Feind der das Licht so schändete. Auch Alysse war da, als Wache des gesamten Rates, als prächtiger Krieger und eines der wenigen Überbleibsel aus der Silbernen Pracht, halb blind, sich kaum zu Pferde haltend, doch prachtvoll wie ich es zuvor kaum erkannte. Vielleicht ehrte sie ihren verlorenen Fürsten dadurch, vielleicht war er auch bei ihr als liebende Seele die ins Licht gegangen war. Doch sie war Prachtvoll, und stolz, bis schliesslich die Schlacht begann.

Es war merkwürdig gewesen, in jener Schlacht. Unüblich schnell waren die Feinde zurückgedrängt, die Feindestreuen die sich ergaben oder flohen viele. Zugleich waren viele erfüllt mit einem Zorn den ich kaum zu beschreiben vermag, und an der Spitze unseres Heeres, allen Befehlen zum Trotze, Alysse, streitend wie der feuerrote Krieger selbst. Blut wurde vergossen, schnell und präzise und tödlich für jeden der sich ihr in den Weg stand. Ein weiterer Trupp fing einen grossteil

der fliehenden ab, darunter auch den Verräter, der eindeutig das Ziel der gebrochenen Wache war.
Mit Schwert in der Hand stach sie auf den Verlorenen ein und durchbohrte sein Herz. Und sie sprach zerbrochen: So habe ich meinen Liebsten gerächt und mein Dasein verraten. Ich, Alysse, Hohe Wache zu der Linie der loth'Thalanaste, habe die Linie zu der ich verpflichtet war beendet. Weder du noch ich sollen noch diese Welt wandeln. Meine Eide erfüllt, meine Eide gebrochen. Wir sterben beide als die Verräter die wir sind.
Und Caldaran rang mit dem Leben, doch er sank auf die Knie und starb schliesslich. Und als er fiel, so fiel auch Alysse, ihr letzter Atem verbraucht, ihr letzter Herzschlag vergangen, ihr letzter Wille erfüllt. Die Linie war beendet mit dem Blut des Verräters, und ihre Rache getan für ihren Fürsten und Liebsten der Silbernen Pracht.
Wir zogen uns zurück, und nahmen mit uns alle die fielen. Es waren wenige, doch sie war die wichtigste derer die wir geborgen hatten. Noch während alle anderen der Waffenbrüder und Schwestern den Vätern und dem Licht übergeben wurden, da waren sich die Fürsten noch nicht ganz eins was mit ihr geschehen soll, ob sie geehrt werden soll und wie sie geehrt werden soll, sollte sie eine Ehrung wahrlich verdienen.
So hatte Alysse keine Nachfahren, und doch sahen die meisten der Fürsten ihre letzte Tat nicht als Verrat sondern als letzte Pflicht, und sie ernannten sie zu einer der Helden die den Grossen Krieg bestritten, auch wenn keiner ihren Namen weitertragen würde, und niemals einer ihren Namen hätte weiter tragen können. Ihre eigene Linie endete mit ihrem eigenen Tod. Ihre Pflicht gegenüber dem Volk und ihrem Fürsten und ihrem Liebsten alles im gleichen Masse erfüllt durch ihr Opfer, obwohl sie gebunden war, und ihr eigenes Selbst befreit dadurch, dass sie es war die ihr Dasein beendete.

Zwei Brüder

Nach dem Ende des Grossen Krieges gab es viel Tumult darum, was der Krieg bedeutete, was er kostete, und wie er überhaupt zustande kam. Viele stritten sich, obwohl der letzte Feind gebannt und die letzten Kämpfe des Blutvergiessens beendet. Familien und Häuser stritten, aber auch das eigene Blut stritt sich. Neue Fürsten mussten ernannt werden, neue Verwalter gewählt, neue Räte geformt. Dörfer, Städte und Stätten mussten entweder neu erbaut oder gänzlich verlassen werden. Das Land war durchwirkt noch vom Zorn der Väter, Berge entzweit, Seen verloren, Flüsse in neuen Bahnen, und vielerorts war das friedvolle Land übersät mit Tod.

Inmitten dieses Chaos entstanden durch Krieg und Zorn gab es doch auch viele Familien die sich vielleicht nicht einig waren was geschehen war und was weiter geschehen soll, doch sie halfen einander so gut es ging, trotz allem verschiedenen Denken. Eine dieser Familien, des hohen Blutes entsprungen, bestand nur noch aus zwei Brüdern, denn alle anderen die ihr Blut teilten gingen in Blut und Zorn verloren. Einer sprach von Licht und Hoffnung, und er war gütig wie es ein Diener des Lichts sein sollte. Sein Bruder sprach von Treue und Vergeltung, und er war weitsichtig wie es ein Herrscher sein sollte. Sie waren sich oft uneins, waren es im Krieg gewesen wie auch im folgenden Frieden der nun war.

Der Ältere, der Weise, er wusste die Herzen zu bewegen, er wusste Zorn zu wecken und Ruhe zu bringen. Der Jüngere, der Gütige, er wusste das Leid zu lindern, und er wusste Streit zu schlichten und Frieden zu bewahren. Der Ältere war es jedoch gewesen, der viele Getreue hatte, und ihm folgten viele dann auch nach Krieges Ende um die Heimat der Brüder wieder aufzubauen. Und seine Treuen, sie teilten seine Meinung und sie teilten seinen Willen wenn er es wollte, und durch ihn waren sie stark und siegreich geworden.

Viele Jahre war das Volk in Unruhe, viele Jahre bis der Rat der Fürsten neue Namen gewählt für die Sitze die nun leer standen oder neu geformt werden mussten. Sie berieten sich wer weise und würdig wäre, und alle jene Namen die dem Ruf folgen sollten erhielten

Nachricht, so auch die Brüder, denn der Ältere wurde gewählt durch seine Weisheit und Weitsicht und Stärke die wichtig war, als auch durch die Treue zu seinem einstigen Fürsten der durch Feindeshand fiel. Lange berieten sich die Brüder die sich uneins waren. Und durch die Jahre die sie hatten sich zu festigen wurde der Keil zwischen ihnen grösser.

Der Jüngere sprach davon, dass es nicht nur Stärke bräuchte, dass der Zorn der Väter durch Zeit und Gnade sich heilen liesse. Er sprach davon, dass alle alten Fehler vergeben werden konnten, dass sich weiterer Streit verhindern liesse, dass alte Pracht wieder aufgebaut werden könne. Er sprach davon, dass die Ernennung Ehre sei und mit Lichtes Willen durchgeführt werden sollte, davon, dass bald wieder Einigkeit zwischen den Jungen und den Alten herrsche, und dass Groll und Zorn unnötig wären. Er war Gütig, und er Verstand nur Heilung und vertraute gänzlich auf Lichtes Macht.

Der Ältere, er sprach davon, dass es jetzt in tiefstem Dunkel die Stärke bräuchte, dass der Väter Zorn auch sein Zorn sei und das Volk nicht die Zeit hätte tatenlos zuzusehen und zu warten und um Vergebung zu hoffen. Er sprach davon, dass die alten Fehler nun wiederholt würden, dass das Dunkel so lange verbannt nun wieder erwache, dass alle alte Pracht mit dem Ende ihres Fürsten verloren ging und nie wieder wiederkehren würde. Er sprach davon, dass er gerne auf der Fürsten Ernennung verzichte und dass das Land die Heilung der Väter bräuchte, nicht des Lichtes Gnade und Wille, und davon, dass nun endgültig ein Zwist war zwischen den Jungen die ihm allzu oft seine eigenen Treuen im Stich liessen oder sich vor Dummheit und Furcht dem Feind anschlossen, als auch zwischen den Alten, sein eigenes Volk welches immer wieder tatenlos war und sich zu fein um zu retten was zu retten war, und er sprach, dass aller Groll und Zorn angebracht war so wie die Väter grollten und zürnten ihrer Schöpfung gegenüber. Er, der Ältere, war Weise, und verstand den Wert des Landes und das Leben welche diese ermöglichte, als auch das Handeln der Völker die sich teilten und spalteten.

In Groll dann schliesslich sandte der Ältere dem Rat seine Entscheidung zurück, und er und zwei weitere Häuser die seine

Meinung teilten beschlossen in den Zorn der Väter zu ziehen, und dort mit ihren treusten und denen die gewillt waren zu folgen die Väter zu besänftigen. Jahre hatten sie aufgegeben um den Schaden des Krieges zu tilgen, doch ohne Erfolg, und sie alle, mit Zorn und Verzweiflung gleichermassen, waren bereit sich zu opfern.

Am Rande der Nebel der Karantúr aus dem nur noch Unheil und Verderben kam, da wartete der Jüngere auf seinen Bruder. Und trotz allem Groll und Zorn wussten sie sich Brüder und geliebt, und der Jüngere nahm seine Kette, errettet aus seiner Heimstatt noch ehe sie Überrannt wurde, und er Teilte sie. Die Perlen keiner Kette behielt er bei sich, und die Kette selbst überreichte er seinem älteren und weiseren Bruder. Es sollte Zeichen sein, dass sie sich ewig erinnern, dass sie sich ewig treu waren, auch wenn sie unterschiedlicher kaum sein konnten. Und in Treue schlossen sie sich in den Arm, in Treue beteten sie zu Licht in Vätern dass der andere die folgende schwere Zeit überstehe. Und sie hofften, in tiefster Treue, dass sie einander wieder sehen würden, und die Kette wieder zusammengefügt werde.

Talár Feuerfeder

Vor dem Zorn der Väter und vor dem Ausbruch des ersten Krieges, da wurde ein Kind geboren, welcher den Namen Talár trug. Er war ein kräftiger Sohn einer einfachen Familie, aber schnell wusste man dass er begabt war, und man wusste nicht wer ihn mehr segnete – Wind oder Feuer.
Talár trat auf Bitten seines Fürsten, dem prächtigen Fürsten der Silbernen Pracht, seinen Dienst an, doch war es ihm frei zu tun was er wollte, frei welche Hohen oder Niederen Künste er ausübte, und frei darin wie er seinem Fürsten und seinem Volk dienen wollte.
So übte sich der junge Talár in allem was er fand, er las und sang und er schmiedete und töpferte, er tanzte und er philosophierte, und er übte sich auch in den Kriegskünsten und beobachtete das Werk der Gebunden und Geweihten und der Weber.
Von seinen Diensten wählte er wenige, die Handvoll die ihm gut lagen, und er übte die Jagdkunst mit Pfeil und Bogen und Speer und er studierte die Pfade der Väter von denen er zwei glaubte wahrlich zu verstehen, und er diente in freiem wilden Tanz zur Ehrung der Väter und zur Ehrung der Hohen Kunst.
Schnell nannte man ihn Talár Rotfeder, denn während vieler Jagden nutzte er seine rotbefiederten Pfeile zum Ende seiner erwählten Beute, und während einer Jagd fand er eine Feder die Rot war aber anders als seine, Rot wie Feuer und Flamme und richtig in seiner Hand, und nicht wie die gefärbten toten Federn an seinen Pfeilen.
Talár, so sagte man, war begabt, und keiner konnte daran zweifeln, denn er war vom neugierigen Kind zum prächtigen Mann gewachsen, Feuer in den Augen und Wind im Herzen, und alles was er ausübte war ebenso geprägt, und alle die ihn sahen, sie wussten, er war berührt.
Schicksal brachte den Tod nach Aldarath als der Grosse Krieg ausbrach, und er, wie er war, liess Feuer in seinem Herzen brennen, und liess den Feind wissen, dass die Silberne Pracht nicht Schutzlos

war, und dass er, Kind aus Ahn selbst, das Leiden aller vergelten würde die zu Unrecht geschadet wurden.
Selbst als er Ahn floh, selbst als er ohne Fürsten war, selbst als er viele derjenigen verlor die er einst kannte, er sprach immer dies: Ich bin Talár, Kind der Väter, Kind der Silbernen Pracht! Ich bin Talár, und für die Silberne Pracht brennt mein Sein und meine Kraft! Ich bin Talár, und ich halte Stand so auch nur eine geheilige Seele noch Licht in sich Trägt! Ich bin Talár, und auch ohne Mauern, die Kinder der Silbernen Pracht werden die Schutzlosen bewahren!
Er war ein prächtiges Kind, doch ebenso prachtvoll waren auch manche der Feinde, und erbittert stritt auch er gegen die verdorbenen Kinder die der Väter Macht missbrauchten und zum Leid aller nutzten, ehe schliesslich der Zorn der Väter ausbrach und ganz Aldarath zerriss.
Talár tat was er konnte um zu heilen, denn wo anderer Herzen erloschen waren, da brannte er weiter. Er spähte und jagte und opferte manche Tage und Jahre seines Seins den Vätern, um sie zu beruhigen, um sie zu besänftigen, aber mehr noch um andere zu schützen und ihnen die Hoffnung wieder zu bringen, die er selbst noch tragen würde bis zu seinem Ende.
Er verblieb und jagte Feinde und Verräter bis zum Krieges ende, immer im Wissen dass er der Silbernen Pracht diente und die Silberne Pracht dem ganzen Volk, und er schwor, zum Krieges Ende, als die Stadt wieder eingenommen, dass er die Mauern selbst bewahren würde bis zu seinem letzten Atemzug, und jeden darin zu bewahren versuchte.
Als alles endete, da war Talár ein stolzer Krieger den selbst mach Kriegstänzer, manche Adelswache, manch Schütze mit Ehrfurcht betrachtete, denn nicht nur seine Narben zeugten von seinen Taten, sondern auch seine Augen die nur noch heller brannten, und die Feder die er einst, vor vielen, vielen Jahren fand, die manchmal zu brennen schien im Einklang mit seinem Herzen, und Talár Feuerfeder war lange Zeit dann sein Name.
Manche sagten, es war diese Feder die ihm solche Macht verlieh, andere sagten es brachte bloss Glück oder war ein Zeichen der Väter.

Doch diese Feder verging mit ihm, und so wie sein letzter Atemzug, getan in gleichem Dienst wie es sein Leben war, so wurde die Feder fortgeweht als Staub und Asche.

Vom Zweiten Krieg

Tírdan und der Zweite Krieg

Tírdan war ein einfacher Mann aus einfachem Hause, und kein Blut vergangener Helden floss durch ihn hindurch. Er verdiente sein Leben als Handelsmann, brachte waren von ganz Aldarath in die entlegensten Ecken des Landes und nährte so seine Familie, so wie es lange Tradition war.

Schliesslich jedoch brach der Krieg aus, der zweite Krieg, und Tírdan brachte zuerst sein eigen Blut, seine Kinder, in Sicherheit, zur Hochfeste die schon seit tausend Jahren in den Höhen der Karant stand und über den gesamten Telbarath wachte. Dort wusste er seine noch jungen Kinder in Sicherheit, und dort liess er sie in der Obhut von Treuen und Bekannten, von all jenen anderen die flohen vor dem Schrecken der plötzlich ausbrach.

Nun war es eine gefährliche Zeit, doch so wie er gutes tat im Handel und allerlei Waren zu denen bringen konnte, die jene waren brauchten, so wollte er auch Gutes tun, wenn nicht zum Wohl des Landes oder des Fürsten, dann zumindest zum Wohl seiner Kinder und seiner treusten Freunde. In jenem Gedanken zog er aus, und er schloss sich dem Tross der loth'Talár an, ein Haus welches sich nach dem Ersten Krieg geformt hatte. Er sprach mit dem Oberhaupt des Adelshauses, und bot also dem Lúthost Anarion loth'Talár seine Hilfe an, denn er kannte die Handelswege, die schnellsten Routen, und er kannte alle Ländereien und er wusste wo man was finden konnte in welchen Mengen wenn das Jahr gut war und wenn das Jahr schlecht war.

Der Adlige brauchte Streiter, Krieger, Kämpfende, jene ohne Furcht die eine Waffe zu tragen vermochten, aber er verstand auch dass ein Feuer in diesem Mann brannte, eines gänzlich anderer Art, doch genau so nötig wie Soldaten und Kämpfende. Vielleicht, so verstand der Kopf der Linie der loth'Talár, noch wichtiger als es seine Streiter waren. Er nahm das Angebot an, überliess dem willigen Handelsmann seine gesamten Reichtümer, und liess ihn im Auftrag seine Truppen zu versorgen und neue Ausrüstung zu erlangen für jene die noch kommen würden.

Illian loth'Talár begleitete den Handelsmann. Er war noch jung, und wie Tírdan lag auch ihm weniger das Kämpfen als das Reden, doch hatte er zum Willen seines Vaters die Grundlagen des Kampfes erlernt, und wider dem Willen seines Vaters weigerte er sich eine Adelswache an seiner Seite zu wissen. Er war jedoch ein guter Berater für den mutigen Händler, denn Illian wusste vieles über die Wege und Geschicke der Hohen die jener nicht wusste. So wurden sie gemeinsam, in den frühen Zeiten des Krieges, für die Versorgung der Truppen des Fürsten der loth'Andár und seiner Befehlshaber zuständig.

Gegen Mitte des Krieges jedoch wurde es kaum mehr möglich Handel zu treiben, jegliche Vorräte wurden aufgebraucht und es blieben fast nur noch die grossen Festungen und sicheren Horte bewahrt, und jene bewahrten vor allem sich selbst. Aus den Festungen an der Küste konnte zumindest noch jene Gaben von Vater Wasser weitergetragen werden, die Wälder jedoch waren gefährlich, und der Ackerbau nicht weniger. Tírdan erlernte während des Grossen Winters aus Notwenigkeit heraus das Kriegshandwerk, doch es strebte ihm noch immer danach mehr zu tun, etwas zu erreichen, und diesen lästigen, ermüdenden Krieg endlich zu enden.

Illian erbte die Herrschaft seines Hauses während des grossen Winters. Widerwillig sandte er seine jüngere Schwester zu seinem Fürsten, denn sie zeigte eine Begabung in Mächten zwischen den Vätern und dem Licht. Zwar war seine Hoffnung, dass sie dem Krieg vollständig verschont bliebe, doch er befürchtete dass sie eine Waffe werden würde im Streit gegen die Verlorenen, vielleicht sogar ihnen erliegen und selbst vom Todesfluch befallen werden.

Tírdan und Illian berieten sich. Den Krieg wussten sie nicht zu Enden, zumal die Feinde grösser waren als sie, und selbst die Kinder des Lichts die gerufen wurden kaum etwas auszurichten vermochten. Der Endlose Wall im Süden wurde schon seit Jahren belagert ohne einen Sieg zu bekommen, und die Silberne Pracht im Norden lag noch immer in Feindeshand. Doch sie beide waren im Willen etwas zu tun, wenn nicht gegen den Feind, dann zumindest gegen den milderen Zorn der Väter der ihnen zusetzte.

Gemeinsam zogen sie und ihr kleines Heer quer durch die Nantentúr zu Gebraldins Wacht und Dalhán, und durch Glück oder Schicksal blieben sie verschont. Dort wollten sie versuchen sich hinter den sicheren Mauen neu zu versorgen, weitere Güter besorgen und dann in den Süden ziehen. Es hatte seit Monaten keine Nachrichten mehr gegeben von der Belagerung, doch wenn die Fürstenheere noch standen, wollten sie diese versorgen. Weiter baten sie die Fürsten der Zwillingsstädte sich um die Gunst der Väter zu bemühen um jeglichen Preis, auf dass zumindest diese Not ende und die Völker wieder zur neuen Stärke kämen. Eben jene Bitten trugen sich zu allen weiter, die sie erreichen konnten, und auch wenn ein jener Gebundener tat was er konnte und viele der Einfachen auch, so taten sie alle es nun noch mehr.

Die Fürsten des Südens standen tatsächlich noch, und der Endlose Wall blieb unbezwungen, geschaffen durch dunkle Macht und dunklem Willen und den Grossteil des Südens verbergend. Die Truppen jedoch wurden durch den jungen Adligen der loth'Talár und dem tapferen Handelsmann gestärkt, und ihre eigenen Truppen verstärkten die stehenden Streiter ebenso. Doch es dauerte noch ein Jahr, und es war tatsächlich die junge Schwester des Illian die kam mit vielen weiteren Streitern der nördlichen Fürsten, und sie gemeinsam mit allen die da waren, auch mit zwei Kindern des Lichts zusammen, rissen sie den Ewigen Wall ein.

Der Süden wurde recht schnell befreit, doch noch blieb der Norden in Feindeshand. Illian wollte direkt weiterziehen Richtung Ahn, doch Tírdan riet ihn an zu ruhen, und sie ruhten zuerst und sammelten sich und suchen Wissen über den Feind zu erlangen und wo dieser am stärksten lag und wo dieser zu gefährlich war um ihm nahe zu kommen.

Ein grosses Heer zog schliesslich nach Norden zur silbernen Pracht. Teile davon zogen wieder fern davon, um kleinere Truppen der Feinde zu bezwingen und das Haupther unberührt zu lassen. Vor der Silbernen Pracht, dann, zerschunden und entweiht durch den Feind seit Anbeginn des Krieges, mehrfach umfochten aber nicht

eingenommen, da bereiteten sich die Fürsten und Adligen und Heerführer und Kommandierenden die Belagerung vor.
Zur Mitte der Belagerung, als der Lange Winter endete und die Väter reine Preisung verlangten, zum Fest des Feuers welcher jener Vater des Blutvergiessens für sich beanspruchte, da wurde gefeiert und geehrt, auch wenn noch immer strenge Augen wachten und Späher unnachgiebig Ausschau hielten. Doch zu jenem Fest, da waren auch Tírdan und Illian, und ihnen war nicht nach feiern obwohl es ihre Pflicht gewesen wäre. Stattdessen formten sie einen Plan wie die Stadt einzunehmen sei, sassen über Karten der Fürsten und Karten die sie beide aus dem Gedächtnis gemalt hatten, und lange diskutierten sie wie der beste Weg sei.
Als sie sich beide einig waren, da sprach Tírdan zu seinem treuen Freund: Wenn wir dies überleben, Illian, dann gebe ich dir meine erste Tochter meines Blutes zu deiner Linie Ehren, das schwöre ich beim Vater des Feuers und Vater des Krieges dem sie heute huldigen, das schwöre ich bei meinem eigenen Blut welches ich gerne für dich vergiessen werde.
Und Illian loth'Talár, Heerführer seines Fürsten, Kind aus Ahn der Silbernen Pracht welche nun stank und verdorben wurde und geschändet bis ins unaussprechliche, er lächelte zu seinem Freund. Er sprach: Wir werden überleben, Tírdan, treuer Freund, Treuer mir einem Bruder gleich. Wir werden das überleben, du gabst schon mehr als je einer von dir erwartet hätte, und dein Mut ehrt den Vater seit du es wagtest in den Krieg zu ziehen, und dein Geschick ehrt die Fürsten seit sie dich meinem Vater unterstellten, und deine Treue ehrt mich, seit ich einst an deiner Seite trat. Aber dein Schwur und dein Eid sind gehört, und ich werde deinen Preis und deinen Zoll in Ehrfurcht annehmen.
Nach den Tagen des Festes bereiteten die Fürsten eine Belagerung vor wie es der Adlige und der Handelsmann sich ausgedacht hatten. Feinde verzögerten die Ausführung, doch schliesslich, nach fast zwei Jahren, wurde Ahn die Silberne Pracht wieder eingenommen. Der Feind darin wurde erschlagen, die Verlorenen die noch waren erlöst,

die Bestien die die Gassen und Mauern heimsuchten vernichtet und nach mühseliger Arbeit die Stadt vollends befreit.
So wurde ein Fest gefeiert, ein Fest, denn die Silberne Pracht war frei, und das war wahrlich ein Grund des Feierns. Ein jeder dachte, nach den Tagen und Wochen der Jagd, dass die Stadt frei wäre, und so waren sie ohne Sorge und ohne Reue. Noch gab es Späher draussen, und einzelne liefen noch über die hohen Mauern und spähten hinaus von den hohen Türmen, doch die meisten waren gelassen und frei.
Tírdan hielt wacht. Ihm bereitete das ganze Unbehagen, und Illian war zwar an seines Fürsten Tisch, doch hielt er ein Auge offen für seinen Freund, denn auch er war unruhig. Und sie beide behielten Recht, so wie alle anderen Recht behielten, denn der Feind Ashandan Sturmesbruch hatte die Stadt betreten und war beinahe unbemerkt bis zum Gelage der Fürsten gekommen. Tírdan war ein einfacher Mann, kein Krieger und kein Soldat selbst nicht nach den viel zu langen Jahren des Krieges, und noch weniger war er ein Kind eines Vaters oder des Lichtes, noch begabt in den Zwischenfaden der Zauberweber und Zaubersänger. Und doch war es Tírdan, durch Glück oder Schicksal, der den verdorbenen und verlorenen Sohn des Windes erkannte und sah als dieser seinen schwarzen Bogen spannte, und Tírdan war es der erkannte wer Ziel war und vielleicht durch Schicksal durch Lichtes Macht oder Gnade der Väter unter denen er einen Eid schwor, da waren seine Schritte schnell genug um den jungen Fürsten von Ahn selbst zu bewahren.
Ein schwarzer Pfeil traf ihn und durchbohrte ihn, und dies war die erste Verletzung des Krieges welche er trug. Fluch und Gift trafen ihn, ersteres durch die Zunge des gebrochenen Sturms, zweiteres durch das Verborgene und Verbotene innerhalb der Spitze die ihn durchdrungen hatte. Nicht schnell genug waren die Adelswachen, noch die Umherstehenden, auch nicht schnell genug die noch lebenden Kinder des Lichts oder Zauberweber, ehe der dunkle Sohn des Windes wieder verschwand.
Illian eilte schnell zur Seite seines Freundes der Treu war wie kaum ein anderer den er kannte. Ihr Fürst rief nach dem besten Heiler und rief zugleich zu den Waffen, in der Hoffnung den verlorenen

Windessohn noch zu fangen. Keiner jedoch konnte Ashandan noch finden, und es verblieb nur noch die Hoffnung um die treue und wache Seele die den Fürsten vor der Rache des Sohn des Windes bewahrte.

Keiner vermochte Tírdan zu heilen, selbst nicht die grössten der Heiler und Magier und Kräuterkundigen. Er starb, doch nicht ohne Sinn und Zweck, denn Illian erzählte in Trauer seinem Fürsten die Geschichte seines Freundes den er kannte, und der Fürst beriet sich mit dem Rat aller Fürsten, denn er wollte jene treue Seele ehren welche mutig war und mit seinen schlichten Möglichkeiten grosses tat, zumal er jener treuen Seele sein Leben verdankte und dies nicht unbelohnt lassen wollte.

Als Ahn gesäubert wurde und die inzwischen erwachsenen Kinder des Tírdan zurück nach Hause kehrten, so wurden sie durch den Fürsten selbst geehrt, und vor jener Familie die eine einfache Händlersippe schien und nicht viel mehr Ruhm erhofften ausser etwas Wohlstand und das Wissen um Licht und Väter Segen, so wurde ihnen ihr Titel loth'Tírdan gewährt der bewies von wem sie stammten, und ihnen wurden alle Rechte und alle Pflichten auferlegt die sie tragen sollten, und der älteste der beiden Söhne wurde beauftragt wo sein Sitz und seine Verwaltungsmacht sei.

So wurde Tírdan geehrt für deinen Dienst während des zweiten Krieges der uns alle heimsuchte.

Alarathàndre und Aleána

Alarathàndre wurde in der Silbernen Pracht geboren, und in ihrer Familie sind und waren viele die Vater Feuer zugeneigt waren. Nicht wenige bestritten die Pfade von Wächtern der Stadt oder Adelswachen der Linien zu Ahn oder ausserhalb, und beinahe jeder wusste mit Waffen umzugehen. Auch Alarathàndre lernte die Kunst die sonst nur den Pfaden vorbehalten war die diese Kunst auch brauchen mussten, doch ungleich viele ihrer Familie strebte es ihr nicht nach dem Kampf, und auch wenn Statur und Geschick eher von Feuer sprachen, so war sie eher ruhig und kalt und ganz anders als alle anderen.
Sie entschied sich den Pfad des Lichts zu gehen, und sie entschied sich ihren ewigen Dienst nicht als Wächter oder Hüter oder Bewahrer einer einzelnen Linie oder eines einzelnen Ortes zu tun, sondern ganz Aldarath zu erfüllen mit dem Licht, und am Hofe des Fürsten wurde ihr die Möglichkeit gewährt diesen Weg zu gehen, und sie grübelte lange Stunden über den Weg und die Reinheit des Lichtes, mehr wie ein Kind des Wassers über Bücher und Schriften gebeugt, und sie lernte das Handwerk der Heiler selbst wenn sie eher wie ein Krieger schien.
Aleána war ganz anders als Alarathàndre, denn sie war aufbrausend und voller Lachen, und in Ivenna wo sie geboren wurde, da war sie ungebeugt und frei. Und auch wenn kein Vater sie erwählte, so dachten alle, sie musste ein Kind des Windes oder des Feuers sein, oder von beiden. Aleána betrat Ahn als sie die Möglichkeit erhielt die vielen Künste zu lernen, und sie war geschickt und klug und lernte schnell, doch ewig rastlos und doch ewiglich voller lachen und immer mit einem Lächeln in ihrem Gesicht.
So war es dass Aleána und Alarathàndre kaum unterschiedlicher sein konnten, und doch, sie trafen sich am Hofe ihres Fürsten, und oftmals sprachen sie lange Stunden über das Licht und die Freude, und Alarathàndre sprach von dem Wissen welches sie sammelte und Aleána sprach davon was sie wusste und spürte und glaubte in reinstem unschuldigen Lachen welches ihr innewohnte. So lernten sie

voneinander, und man sah sie oft zusammen, und so unterschiedlich sie waren von Alter und Persönlichkeit, so waren sie doch wie Geschwister.

Schliesslich brach der Krieg ein, und sie beide flohen Ahn mit ihrem Fürsten, und sie beide versuchten sich im jungen Krieg zu Nutze zu machen. So hatte Alarathàndre das Handwerk der Heiler gelernt, und sie heilte jene die verletzt waren, und sie hatte die Künste des Feuers erlernt, und sie lehrte jenen jungen treuen Seelen das Kämpfen, welche sich wehren wollten gegen den Feind. Aleána kannte vor allem die Künste, und sie tat ihr bestes anderen wieder die Freude zu bringen, und von Alarathàndre lernte sie ein Teil des Heilerhandwerks, auch wenn es ihr weniger lag als manch einer erwartet hatte.

Schliesslich rief das Licht zu seinen Erwählten, und Alarathàndre und Aleána wurden geweiht, und sie beide trugen nun lichtes Verantwortung und Lichtes Macht in sich. Alarathàndre, obwohl Gelehrte und Heilerin, sie entschied sich zu streiten, und ihr Fürst gab ihr alles was sie verlangte, und sie schien von da an mehr wie ein Kind des Feuers so prachtvoll sie stand unter vollen Waffen. Aleána, sie blieb ein freier Geist und nur im Sinne der Freude, doch ihre Gesänge erlangten gewaltige Macht durch ihr Dasein als Tochter des Lichts, und sie konnte nicht nur gebrochene Hoffnung heilen sondern auch die verlorenen Feinde bannen und somit mehr tun als sie von sich selbst glaubte.

Alarathàndre wich nie von Aleánas Seite, und Aleána blieb immer ihrer treuen Alarathàndre nahe. So war es dass die Fürsten berichteten, sie hätten Unheil aus den Nebeln verbannt, und sie hätten in die Nebel gerufen zum Schutze und zur Unterstützung gegen die Macht eines Feindes der das Heer bedrohte. Und auch wenn Aleána den Titel zu Velians Bann trägt, so war es doch auch Alarathàndre die mit dem Gefallenen stritt bis die Bannlieder griffen und den Feind bezwangen.

Zwar sang Alarathàndre nie, doch auch als Tochter des Lichts blieb sie eine Heilerin und durch das Licht eine die mächtiger war als zuvor. Sie war es, die den Todesfluch zu brechen vermochte, und so alle Verletzten und Gefallenen davor bewahrte so zu werden wie es die

Verlorenen waren, und manch Verlorener fand durch ihre Hand und ihre Macht endlich und endgültig Ruhe vor dem Fluch welcher ihn weiter wandeln liess.

Alarathàndre fiel durch ihre Eide, und ihr Dasein endete mit dem endgültigen Ende des Todesfluchs. Aleána trug noch ein Kind, welches ihren Namen weiterführen durfte, doch sie selbst erlag vermutlich auch ihren eigenen Eiden kurz nach der Geburt jenes Kindes, und die Fürstenlinie nahm das Kind bis es erwachsen war und bereit die Verantwortung des Namens weiterzutragen.

Kirians Fall

Indral, Kind aus Dorenain, stand Vater Erde sehr nahe. Der Berg war mehr Heim zu ihm als der Wald, und wenige sahen die Schönheit der Felsen und Steine so wie er es tat. Er sprach oft mit Vater Erde, und oft antwortete ihm dieser, und für Indral Kind aus Dorenain war dies gut und richtig so.
Als der Zweite Krieg ausbrach sprach Indral: Was kann ich tun oh Vater?
Und der Vater antwortete ihm: Finde jenes welches ich verbarg und gebe es den leidenden Kindern.
Und so suchte Indral und er fand zwischen den Ausläufern der Klauen von Shandá einen Ort der seit langem nicht mehr den Atem der Geheiligten Seelen erlebte. Und Indral sprach: Ist dies der Ort oh Vater?
Und der Vater antwortete: Finde jenes welches ich verbarg und gebe es den leidenden Kindern.
Und Indral suchte zwischen Fels und Stein und gebrochenen Wurzeln von Baum und Berg und er fand einen Ort im verlorenen Ort der einst Heim war zu vielen ehe der Krieg ausbrach. Und Indral sprach: Ist hier verborgen jenes welches ich geben soll?
Und der Vater antwortete: Finde jenes welches ich verbarg und gebe es den leidenden Kindern.
Und Indral baute den Ort wieder auf in den Wirren des jungen Krieges und viele kamen und halfen, und er zeigte ihnen wo der Vater seine Gaben versteckte und es wurde geschmiedet in Werkzeug und Waffe zugleich, wurde geformt zu Rüstung und Schild zugleich, und diente jenen die hinauszogen in den Krieg.
Doch Kirian der Herzlose, Verloren und Verdreht von der dunklen Macht die er aufnahm, hörte von der Mine die den Widerstand stärkte. So entschied der Herzlose, dass er sich diesem Hoffnungsschimmer entledigen wolle, und er zog los mit vielen Verlorenen um den Ort zu vernichten.
Indral hörte früh genug von Kirians Plänen. Indral war sich nicht sicher was tun, also sprach er: Vater, der Feind naht, was soll ich tun?

Und der Vater antwortete: Finde jenes welches ich verbarg und gebe es den leidenden Kindern.

Als der Herzlose ankam, da war nur noch Indral alleine. Alle die in der Mine arbeiteten waren sicher und fort mit allem was sie noch tragen konnten, und sie waren fern von Kirians Grausamkeit. So sprach Indral in Spott und ohne Furcht: Finde mich! Fange mich! So du kannst und wagst oh Kirian der du doch dein eigenes Herz nahmst.

Und Kirian folgte Indral in die Mine, und seine Kreaturen folgen auch ihm. Tief in der Mine sprach dann Indral: Vater, deine leidenden Kinder sind hier in der Tiefe wo alles verborgen liegt. Nehme diese Kinder, denn sie sind Dein. Nehme ihnen das Leiden, denn sie sind Dein. Mein Leben als Preis dafür, dass dies das letzte Geschenk aus diesem Ort sein soll, oh Vater. Begrabe uns alle und nehme uns auf.

Und der Vater antwortete und begrub sie alle in seinem tiefen Leib.

Nach dem Krieg war der Ort verlassen, und die Fürsten liessen es so, denn Kirians Verderbnis ruhte noch im Berg, und kein Ruheort des Feindes soll je wieder berührt werden, ehe dieser wieder erwache und erneut Schrecken verbreite.